어린이를 위한

바람의 딸 우리 땅에 서다 2

그림 • 김무연

마당에서 작은 텃밭을 일구며 어린이 책에 그림을 그리고 있다.
자연과 세계를 향해 열린, 즐거운 할머니가 되는 것이 꿈이다.
《속 좁은 아빠》《어린이를 위한 지도 밖으로 행군하라》《우리는 아시아에 살아요》 외
여러 책에 그림을 그렸다.

어린이를 위한

바람의 딸 우리 땅에 서다 2

첫판 1쇄 펴낸날 2012년 4월 24일
2쇄 펴낸날 2014년 4월 16일

지은이 한비야 **그린이** 김무연
발행인 김혜경 **편집인** 김수진
주니어 본부장 박창희
편집 송지현 박현숙 최현정 김민희
디자인 전윤정 권은숙 심아경
마케팅 정주열 심혜정
경영지원국장 안정숙
회계 임옥희 양여진 신미진

펴낸곳 (주) 도서출판 푸른숲
출판등록 2002년 7월 5일 제 406-2003-032호
주소 경기도 파주시 회동길 57-9 파주출판도시
　　　푸른숲 빌딩, 우편번호 413-120
전화 031) 955-1410 **팩스** 031) 955-1405
www.prunsoop.co.kr

Text copyright ⓒ 한비야, 2012
Illustrations copyright ⓒ 김무연, 2012
Photo copyright ⓒ 설악산·오대산·월출산 국립공원, 2012

ISBN 978-89-7184-677-3 64810
　　　978-89-7184-675-9 (세트)

푸른숲주니어는 푸른숲의 유아·어린이·청소년 책 브랜드입니다.

* 잘못된 책은 구입하신 서점에서 바꾸어 드립니다.
* 본서의 반품 기한은 2019년 4월 30일까지입니다.

이 도서의 국립중앙도서관 출판시도서목록(CIP)은 e-CIP 홈페이지(http://www.nl.go.kr/cip.php)와 국가자료
공동목록시스템(http://www.nl.go.kr/kolisnet)에서 이용하실 수 있습니다. (CIP제어번호 : CIP2012001781)

어린이를 위한 **바람의 딸**
우리 땅에 서다

2

한비야 글 · 김무연 그림

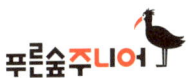
푸른숲주니어

내 꿈을 향해서 매일매일 한 걸음씩!

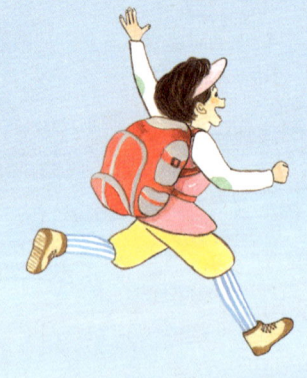

"세상을 다 다녀 보니 어느 나라가 제일 멋있어요?"

세계 일주를 했다고 하면 많은 사람들이 내게 이렇게 묻곤 한다. 그럴 때마다 나는 1초도 망설이지 않고 이렇게 대답한다.

"우리나라요. 특히 우리나라 봄은 세상에서 제일 아름다워요."

얼마 전에 다녀온 제주도에서도 내 말이 맞는다는 게 증명되었다.

꽃! 꽃! 꽃! 서귀포는 노란 유채꽃, 하얀 벚꽃, 그리고 붉은 동백꽃 세상 이었다. 제주 특유의 까만 돌, 녹색 바다, 푸른 하늘과 잘 어우러진 봄꽃들 은 자기 색깔과 매력을 진하게 뿜어내고 있었다. 멀리 하얀 눈을 뒤집어쓴

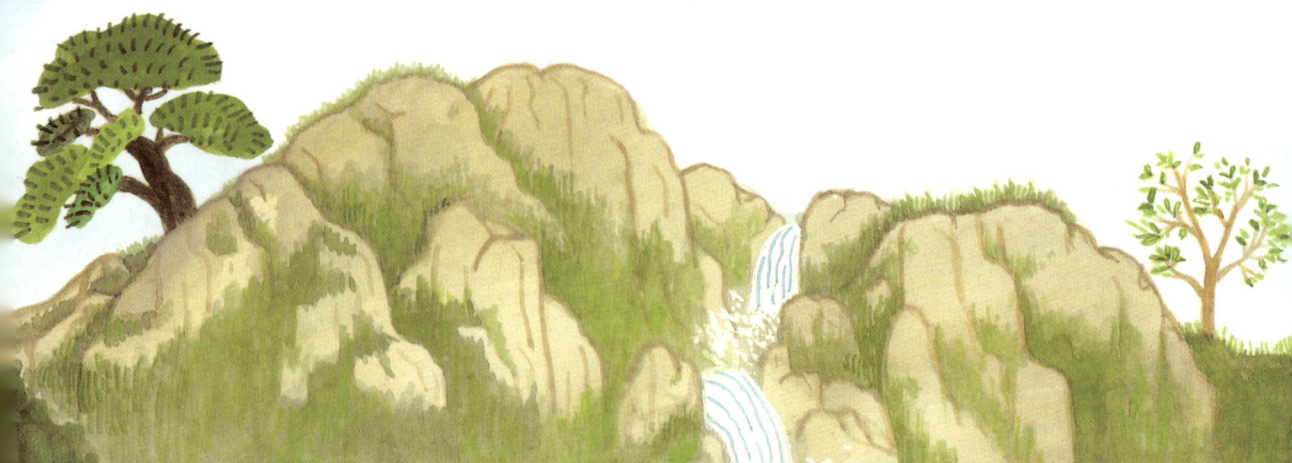

채 우뚝 솟아 있는 한라산도 보였다. 그 아름다움에 연신 감탄을 해 댔더니 나중엔 목이 아플 지경이었다.

이렇게 아름다운 길을 걷다 보니, 1999년 3월 2일 우리나라 최남단 땅 끝 마을에서 도보 국토 종단의 첫발을 떼었을 때가 떠오른다. 아직 꽃은커녕 잎도 틔우지 않았을 때였지만, 남해의 푸른 바다와 씨 뿌릴 준비를 하려고 갈아 놓은 까만 땅과 들판 가득한 초록색 쪽파가 잘 어우러져 강한 생기를 뿜어내던 광경이 어제인 듯 생생하다.

제 나라 땅을 끝에서 끝까지 걸어 본다는 것은 그 자체만으로도 의미 있고 가슴 벅찬 일이다. 우리 국토를 한 줄로 쭉 이어 걸으면서 그동안 내 머릿속에 조각 상태로 엉켜 있던 우리나라가 하나의 그림으로 제대로 맞춰질 거라고 기대했다. 전라남도에서 강원도까지 우리 강산의 파노라마를 충분히 감상할 수 있고, 거기서 뿜어 나오는 강한 에너지도 여과 없이 받을 것에 설레기도 했다.

서서히 변해 가는 사투리와 먹거리도 충분히 즐길 수 있고, 혼자서 국토 종단을 하는 나를 보는 사람들의 갖가지 반응도 참으로 재미있을 거라고 생각했다. 놀랍게도 국토 종단은 나의 이 모든 기대를 기대 이상으로 충족시켜 주었다.

또한 혼자 걸으면서 많은 것을 생각하고 깨달았다. 제일 중요한 깨달음

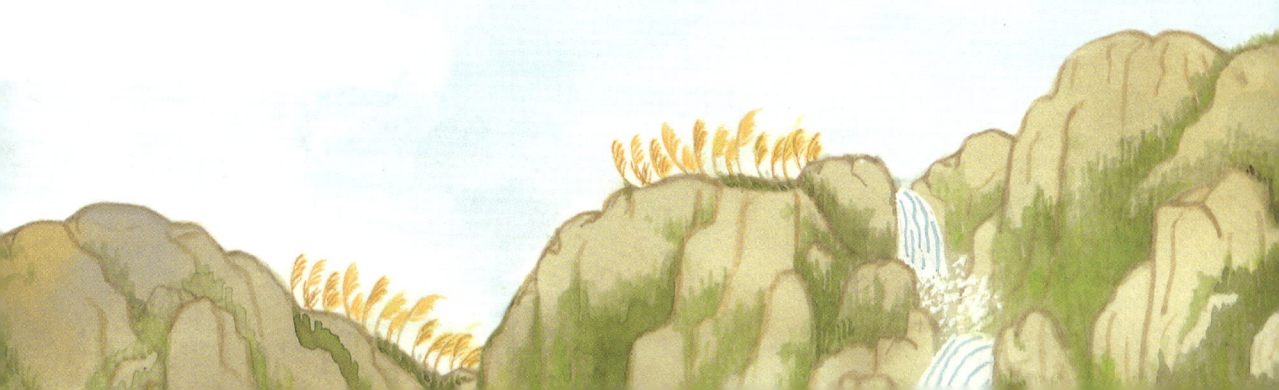

은 한 걸음의 힘이다. 여행 첫날 전라남도 땅끝 마을에서 만났던 할머니들은 "오매 징한 거, 절대로 못 간당께." 하셨다. 그러나 49일 후 드디어 통일 전망대에 도착했다.

내겐 뛰는 재주도, 나는 재주도 없다. 그저 묵묵히 한 발짝씩 옮긴 것이 내가 한 일의 전부다. 그렇다. 힘없는 낙숫물 한 방울 한 방울이 단단한 바위를 뚫고 작은 나무 한 그루 한 그루가 거대한 숲을 이루듯, 꼭 이루고 싶은 꿈이 있다면 그 꿈을 향해서 매일매일 한 걸음씩 걸어가면 되는 거다. 꾸준히, 포기하지만 않는다면 어떤 꿈이든 언젠가는 반드시 이룰 수 있는 거라고 굳게 믿게 되었다.

또 다른 깨달음은 기록의 힘이다. 국토 종단을 하면서 아무리 힘들고 피곤해도 매일 밤 일기를 썼다. 일기 쓰기는 내가 초등학교 2학년 때에 들인 습관이다. 그날 무엇을 보았는지, 어떤 사람들을 만났는지, 무엇을 먹고 어디가 아팠는지 자세히 썼다.

화가 나거나 억울하거나 속상했던 것도 죄다 일기장에 일러바쳤다. 눈에 보이는 풍경이나 사람들을 카메라로 찍어 남기듯, 그때그때의 느낌과 심정을 일기장이라는 감성의 카메라로 찍어 둔 것이다. 나는 멋지고 신기하고 아름다운 경험뿐만 아니라 시시하고 실망스럽고 기분 나쁜 경험도 우리에게 무엇인가를 남긴다고 생각한다. 그것을 꼼꼼히 기록하고 곰곰이

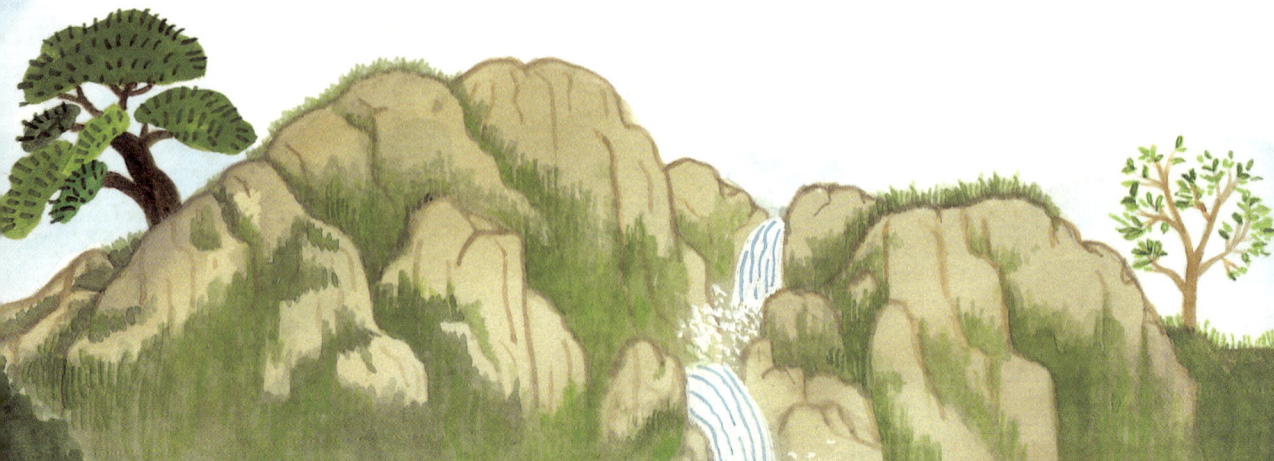

생각한다면 말이다. 아무튼 그때 매일 일기를 쓰지 않았다면 이 책은 세상에 나오지 못했을 거다.

이 책의 일부가 초등학교 4학년 국어 교과서에 실려 많은 어린이 친구들을 만나게 되어 얼마나 흐뭇한지 모른다. 그러나 내 글 솜씨로만은 우리 땅의 아름다움을 충분히 전해 줄 수 없어 안타까웠는데, 이번에 그림과 사진이 듬뿍 들어간 《어린이를 위한 바람의 딸 우리 땅에 서다》를 펴내게 되어 말할 수 없이 기쁘다. 그림 작가 선생님이 내가 본 풍경과 그때의 내 마음을 그림에 고스란히 담아 주어서 정말 고맙다.

여행은 언제나 즐겁다. 특히 도보 여행은 보고 듣고 말하고 냄새 맡고 피부로 느끼며 온몸으로 하는 여행이라 더욱 그렇다. 그래서 나는 걷는 여행을 최고로 멋진 여행으로 꼽는다.

이제 신발 끈을 바짝 매고, 마음의 문을 활짝 열고, 전라도 땅끝 마을에서 강원도 통일 전망대까지 800킬로미터 길, 나와 함께 떠나 보지 않겠는가.

자, 출발, 앞으로!!!

2012년 4월

Biya Han

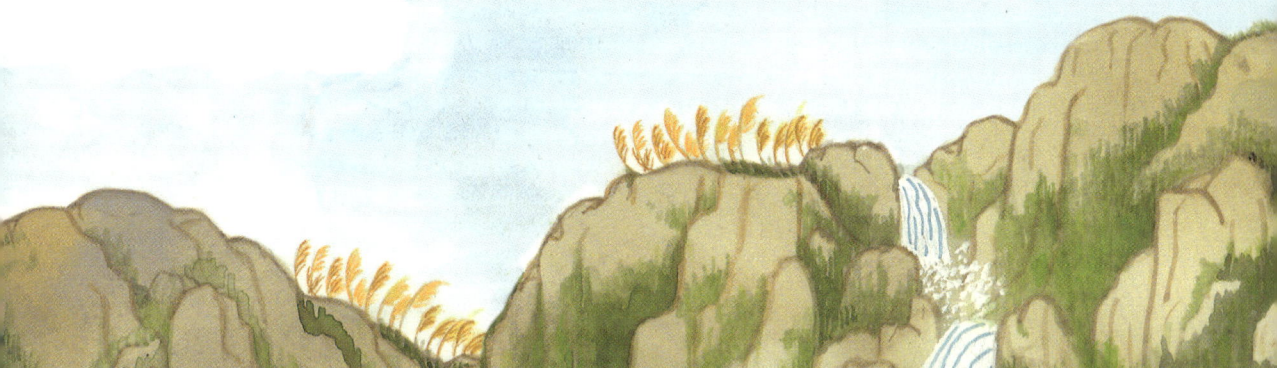

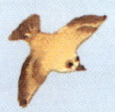
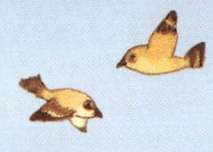

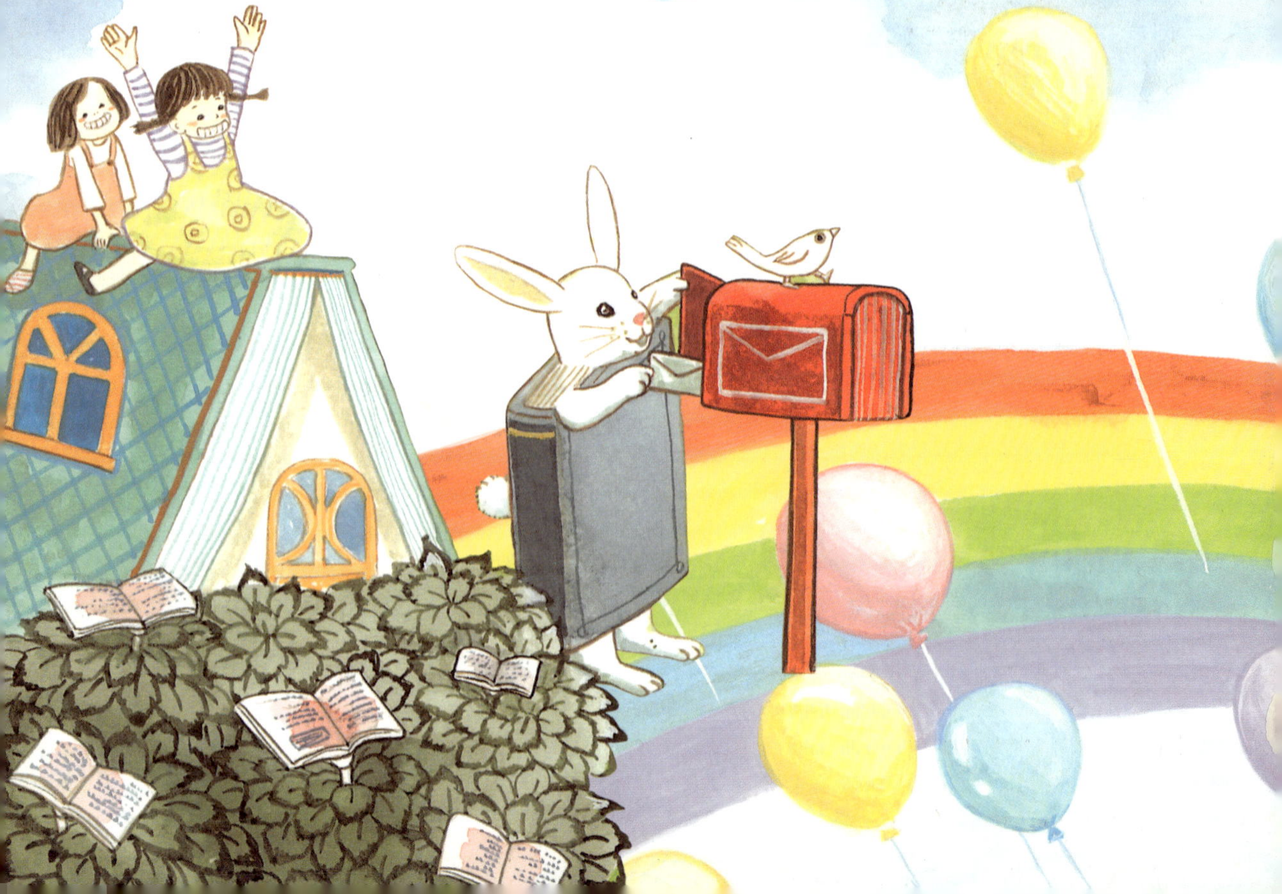

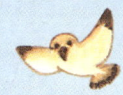
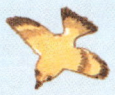

만 권의 책만큼
값진 것

하루 종일 아름다운 평창강을 따라 걷다 | 중학교 단짝 친구 | 이그, 이 바보, 멍청이, 덜렁이 | 몸 따로 마음 따로 | 만 권의 책만큼 값진 것 | 하느님, 너무하세요 | 앗, 오대산 입산 금지! | 자식이 뭐기에…… | 졸지에 배낭 보살이 되다 | 넘지 말아야 할 선

깊이 생각해 보고 실천하기   아껴 쓰고 나눠 쓰고 다시 쓰고!

1퍼센트의
가능성만 보여도

수다쟁이 삼인방 | '오버'하는 한비야의 국제화 | 내겐 너무나도 특별한 설악산 | 먹을 복 터진 날 | 이제 죽어도 여한이 없다 | 무릎아, 며칠만 더 봐주라 | 국제화 시대에도 내 팔은 안으로 굽는다 | 나는 한국인이다 | 아주마이는 어째 이렇게 걸어 다니오? | 지도 한 장의 힘 | 귀하고도 고마운 내 땅 | 이제 딱 하루 | 천 리 길도 한 걸음부터 | 날자, 저 넓은 미지의 세계를 향해! | 드디어 통일 전망대에 오르다

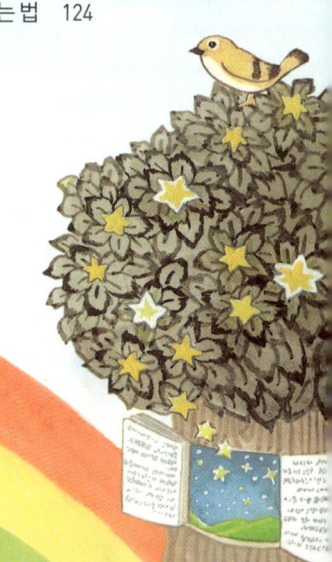

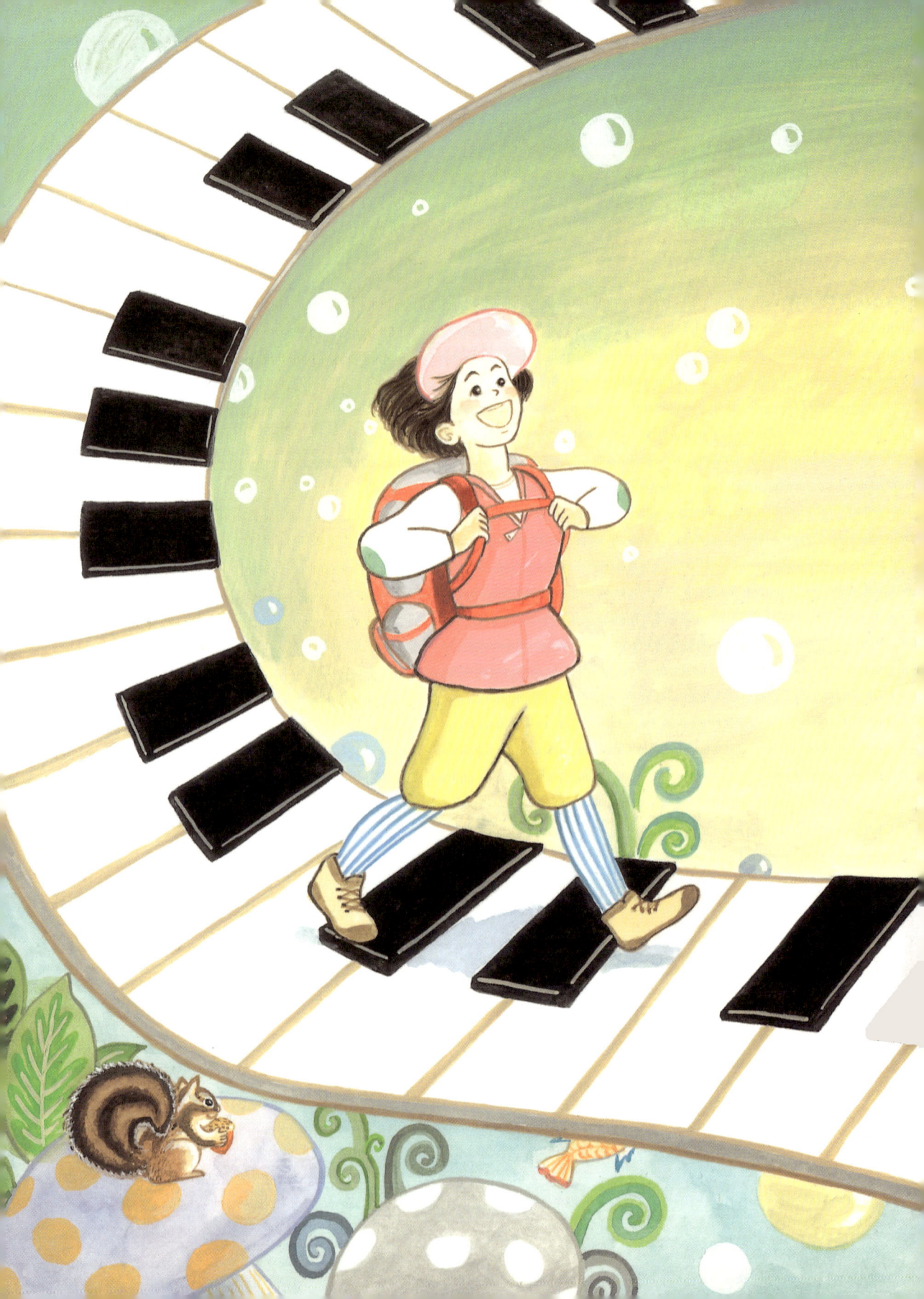

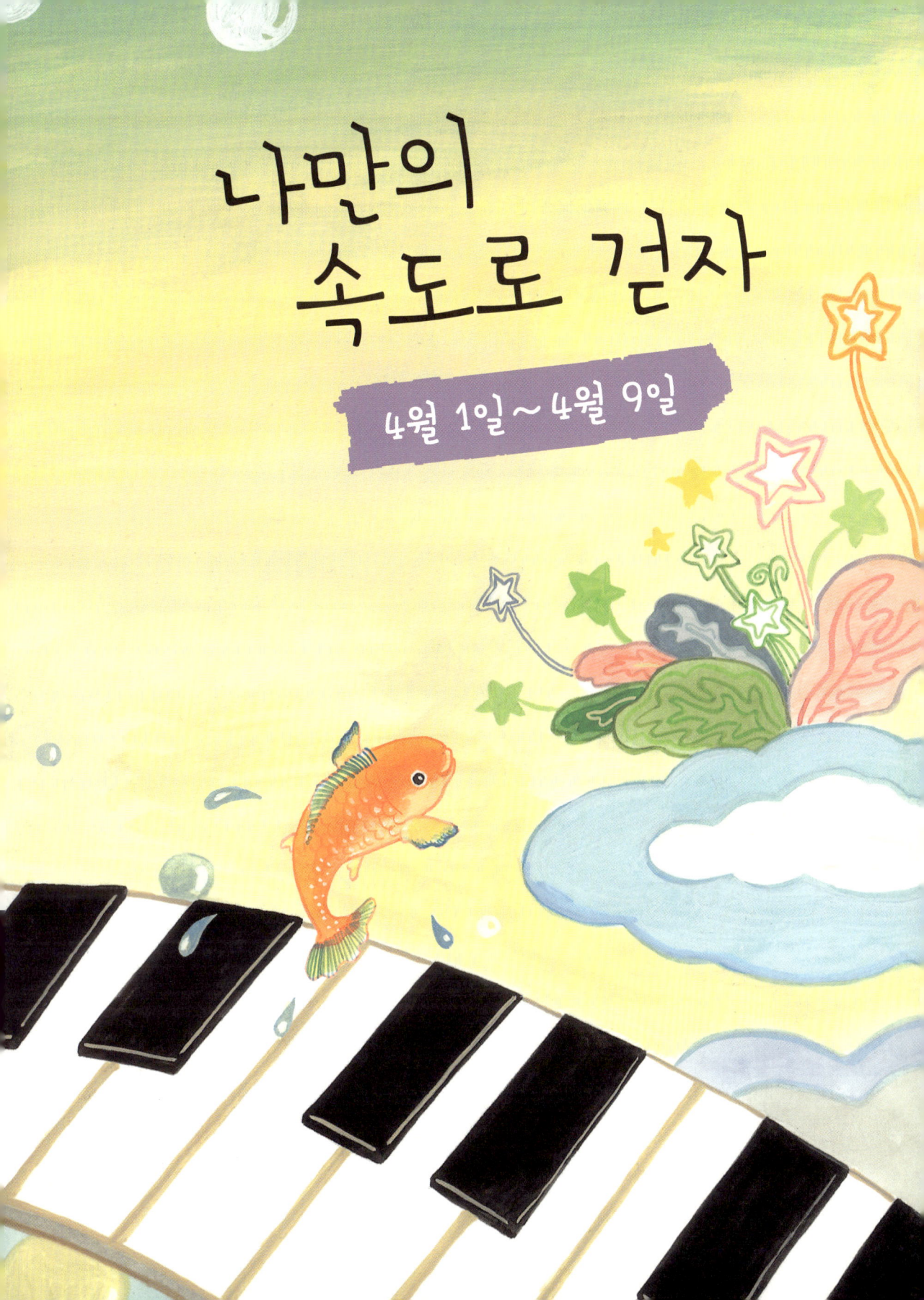

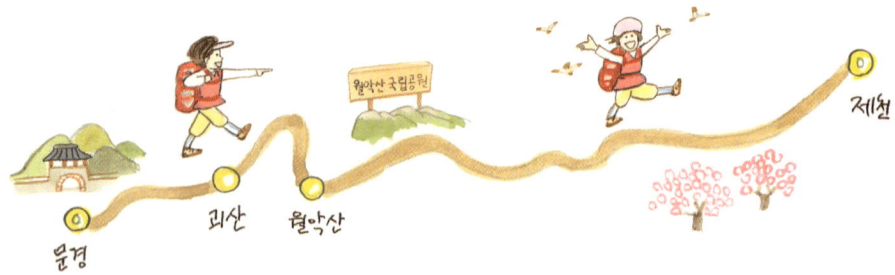

반갑다, 문경 새재

서울에 다녀오느라 여행을 중단했던 문경으로 다시 돌아와 하룻밤을 묵었다. 드디어 문경 새재를 넘는 날이다. 그동안 얘기를 하도 많이 들어서 언젠가 꼭 걸어 봐야지 벼르며 친구들과 '말로만' 수십 번 넘나들었던 길이다.

여기부터 국토 종단의 후반부 길. 처음 시작하는 것처럼 마음이 설레고 벅차다. 문경 새재를 지나면 곧 월악산을 넘어 충주호를 끼고 돈다. 그다음에 평창강을 따라 걷다가 오대산과 설악산을 지나면 속초겠지? 거기에서 동해안을 따라 삼사 일만 걸으면 바로, 바로 통일 전망대다.

아무리 굼벵이 걸음으로 쉬다 놀다 가더라도 이 달 말이면 통일 전망대에 도착한다. 이렇게 따져 보니 앞으로 갈 길이 멀게 느껴지기는커녕 국토 종단이 벌써 끝나 가는 것만 같아 아쉬운 마음이 크다.

날씨도 화창하고 바람도 살살 부니 걷기에는 더 이상 바랄 게 없다. 어느새 누런 나뭇가지들이 연초록색을 띠고 있다. 배낭 안에는 아직도 겨울 점퍼와 내복이 들어 있지만 마음은 온통 봄으로 가득하다.

문경읍에서 문경 새재 입구인 진안까지는 3킬로미터. 길 옆에는 사과밭이 많이 보이고, 도자기 가마도 자주 눈에 띈다. 문경은 15세기 전후에 도자기 굽는 곳으로 유명했는데, 고급 도자기가 아니라 서민들이 일상생활에서 흔히 쓰는 그릇을 구워 내던 곳이다. 숲이 우거져서 땔감이 널려 있는 데다 질 좋은 진흙을 얼마든지 구할 수 있기 때문이다. 이 동네 계곡물에는 철분이 들어 있어 반죽을 하면 그릇이 잘 구워진단다.

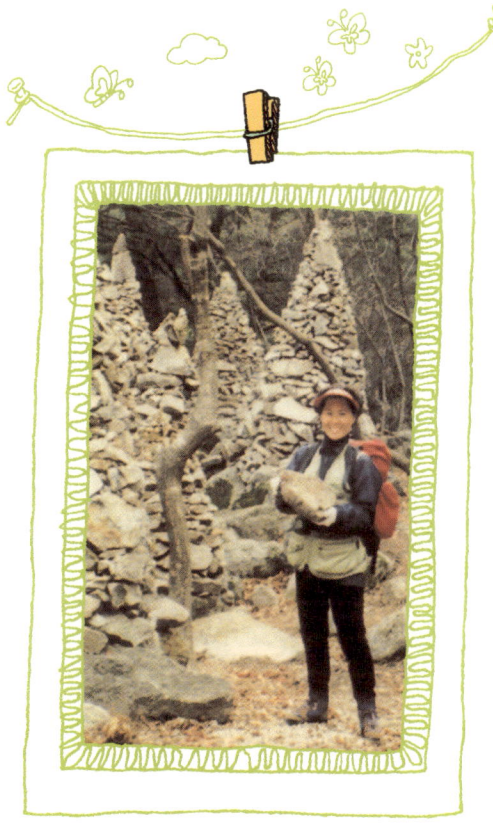

사람들이 도자기 대신 양은이나 스테인리스, 플라스틱 등으로 만든 물건들을 즐겨 쓰는 바람에 한동안 화분이나 요강 같은 것만 구웠는데, 요즘에는 일본 사람들이 좋아하는 '막그릇' 찻잔을 구우며 전통의 맥을 이어 가고 있다고 한다.

오늘은 산길을 걷고 있다. 새재 입구인 제1관문 주흘관, 제2관문 조곡관, 제3관문 조령관까지 6.6킬로미터를 걷는 중이다.

이 고개는 조선 시대 때 한양과 동래를 잇는 가장 짧은 거리였다. 영남 지방에 사는 수많은 선비들과 장사치들이 푸른 꿈을 품고 넘던 길을, 나는 빨간 배낭을 둘러메고 지나고 있다.

이곳이 유명한 관광지여서 그런지 박물관 근처 주차장에는 시골 아줌마와 아저씨들, 그리고 수학여행 버스로 꽉 차 있다. 이번 길을 나선 뒤로 이렇게 많은 관광객을 보는 것은 처음이다. 전국에서 온 사람들이 갖가지 사투리를 쓰며 무리를 지어 왔다 갔다 하며 떠든다.

정신이 하나도 없다. 바깥에서는 그렇다 쳐도 박물관 안에서는 왜 그렇게 큰 소리로 떠들면서 몰려다니는지. 뛰어다니는 학생들을 조용히 시키는 선생님의 목소리가 박물관 안에서 우레같이 울려 퍼진다.

이 박물관은 무료로 입장할 수 있다. 이 지역을 널리 알리기 위해 노력한 흔적이 곳곳에 엿보인다. 덕분에 아무런 정보가 없던 문경 새재에 대해 제대로 알게 되었다. 공부든 여행이든 이렇게 예습을 하면 훨씬 좋다.

여기서, 문경 새재에 대한 간단한 퀴즈 하나!

질문 〉〉〉 새재의 어원은?

❶ 새들도 날기 힘겨운 고개

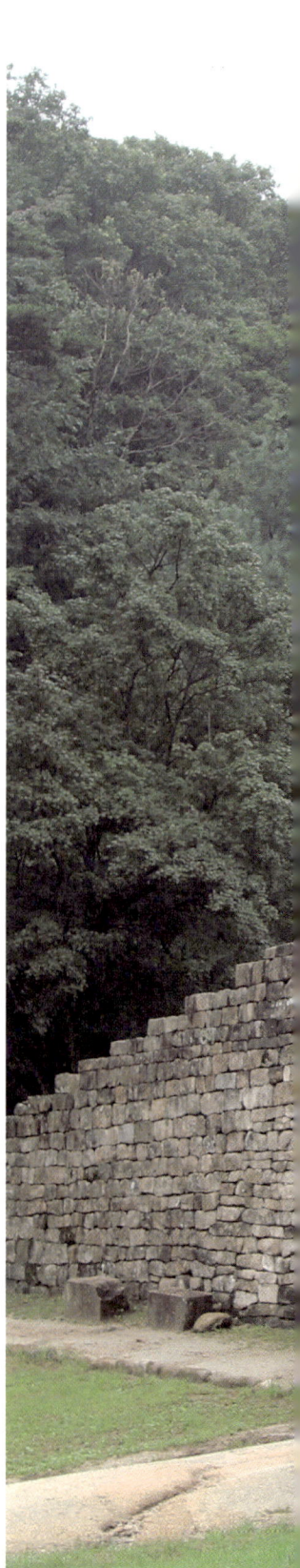

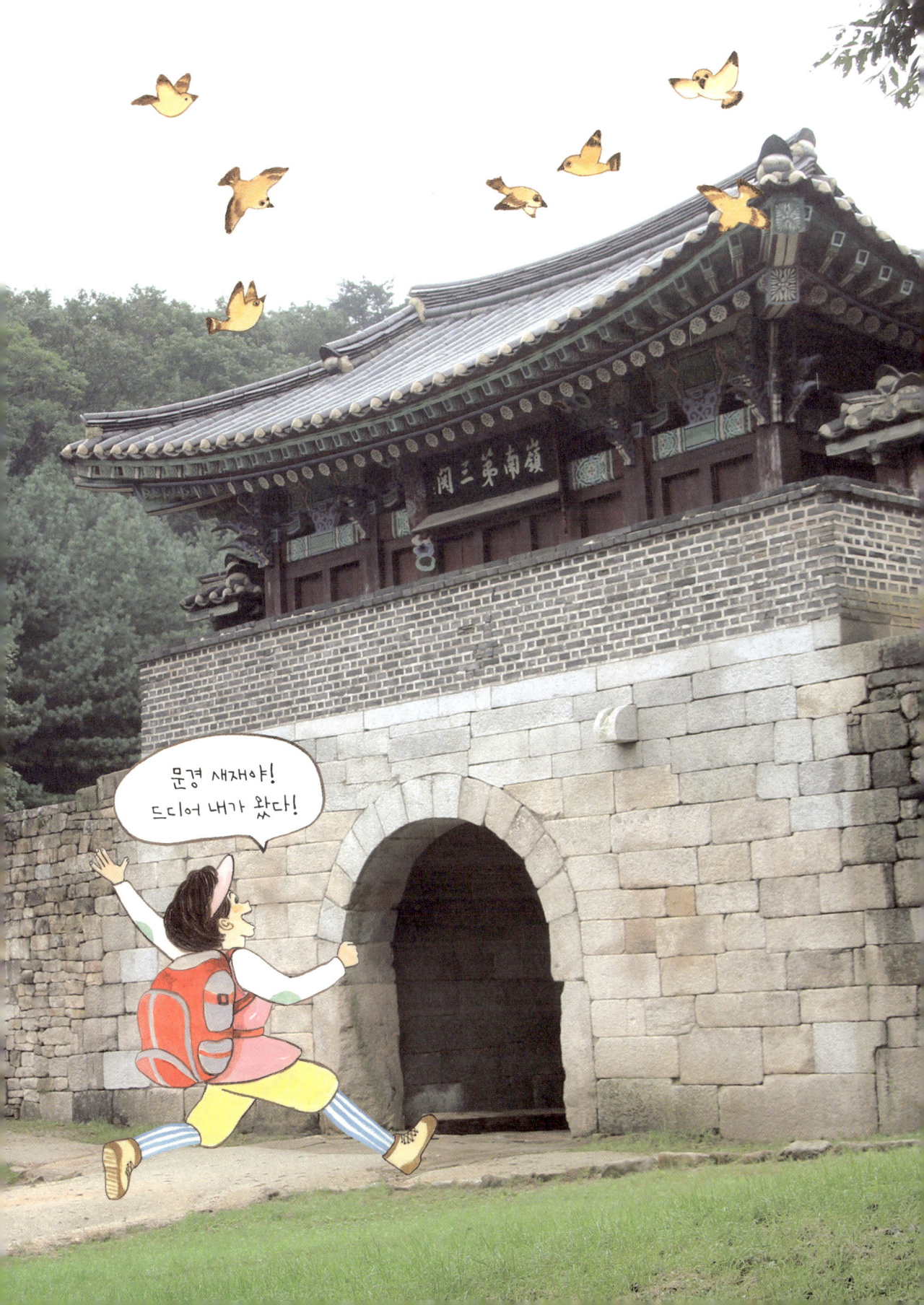

❷ 조선 시대에 가장 나중에 생긴 '새 길'

❸ 근처 조령산과 주흘산의 험한 골짜기 사이(새)로 난 길

❹ '째'라고 부르는 억새가 많아서

다 그럴듯하지만 하나만 꼽아야 한다면 나는 4번 같다. 동네 이름이 문경시 문경읍 상초리이고, 《고려사》와 《동국여지승람》에도 '초점(草帖)'이라고 나와 있다. 마을 이름과 고개 이름은 대개 같을 거라는 추측이다.

기다리기를 잘했다. 2시쯤 되자, 단체 관광객들이 밀물처럼 떠나가서 내가 바라던 대로 문경 새재를 혼자 걷게 되었다. 울창한 숲과 나무 그림자, 짙은 향기를 뿜어내는 소나무들, 그리고 그사이로 난 흙길.

몇 발짝 걸어 보니, 아까 그 퀴즈에서 조령산과 주흘산의 사잇길이라는 3번도 정답인 것 같다. 길 양옆으로 두 산이 병풍처럼 둘러 있기 때문이다. 먼 산만 보고 걷는다면 매우 깊은 산속에 들어온 듯한 착각이 들 정도이다. 계곡의 물 흐르는 소리가 작은 관현악단을 이룬다.

귀를 즐겁게 해 주는 건 그것뿐이 아니다. 새들의 지저귐. 노래라고 들으면 노래하는 것 같고, 힘들다고 째째거리는 것 같다고 생각하면 또 그런 것 같다. 그러면 퀴즈의 정답은 1번일 수도 있겠는데…….

열녀 만드는 사회

이 고개에는 효자비나 열녀비, 충렬비, 송덕비가 유난히 많다. 제1관문

뒤편에는 아예 이런 비석들만 모아 놓은 곳이 있다. 조선 시대에는 지방관이 바뀔 때마다 송덕비를 세워 주는 것이 관습이었단다.

저 송덕비로 기려진 사람 가운데 진짜로 백성을 어질게 다스린 '사또'는 몇 명이나 될까? 백성들은 기꺼이 저 송덕비를 세워 주고 싶었을까? 백성들 눈에 피눈물이 나게 한 사또인데도 억지춘향으로 세워 주어야 했던 건 아닐까? 비를 세우는 데 드는 돈은 모두 백성들 몫이었다는데.

열녀비는 더욱더 의심이 간다. 저 비석의 주인공은 스스로 열녀의 길을 선택했을까? 문경 새재 입구의 열녀비에 새겨져 있는 글을 읽어 보자.

> **윤 씨 일심각**
> 병자호란 당시, 조 아무개의 아내. 6년 동안 소복을 입고 수절하다가 목을 매어 죽었다. 열녀 윤 씨의 이러한 행적은 많은 사람들에게 귀감이 되므로 비를 세워 기린다.

남편이 죽어서 소복을 입고 지내다가 스스로 목숨을 끊은 여자가 많은 사람에게 귀감이 된다는 얘기인데, 나는 도무지 무슨 말인지 모르겠다. 남편 따라 죽은 것이 귀감이 된다는 건지, 목을 매어 죽은 것이 그렇다는 건지……. 내게는 그저 '힘없는 여자의 목숨을 제물로 바쳐 그 집안이 부귀영화를 얻었다'는 걸로밖에 들리지 않는다.

조선 시대 여성들은 정절과 수절이라는 이름 아래 비인간적인 관습을 강요당했다. 나라에서 열녀를 표창하고 그 집안에 갖가지 이익을 주면서 잘못된 관습을 부추겼다. 어느 사학자는 어떤 의미에서 열녀는 하나의 생활 수단으로 이용당하기도 했다고 말한다.

　고대 그리스의 철학자들처럼 질문과 답을 통해 '열녀 만드는 사회'를 살펴볼까?

　질문 〉〉〉 시아버지, 시어머니, 남편, 아들과 함께 배를 타고 온 부인이 먼저 내려 뱃줄을 매려는데, 갑자기 그 배가 뒤집혀 가족이 모두 물에 빠져 허우적거린다. 이때 누구를 먼저 구해야 할까?

　정답 〉〉〉 시아버지와 시어머니를 먼저 구해야 한다. 둘 중에서는 시아버지가 우선이다. 그다음에는 설령 자신이 강물에 빠져 죽는 한이 있더라도 남편을 구해야 한다. 남편을 구하지 못할 경우엔 함께 죽어야 한다. 자식은 그다음 차례다.

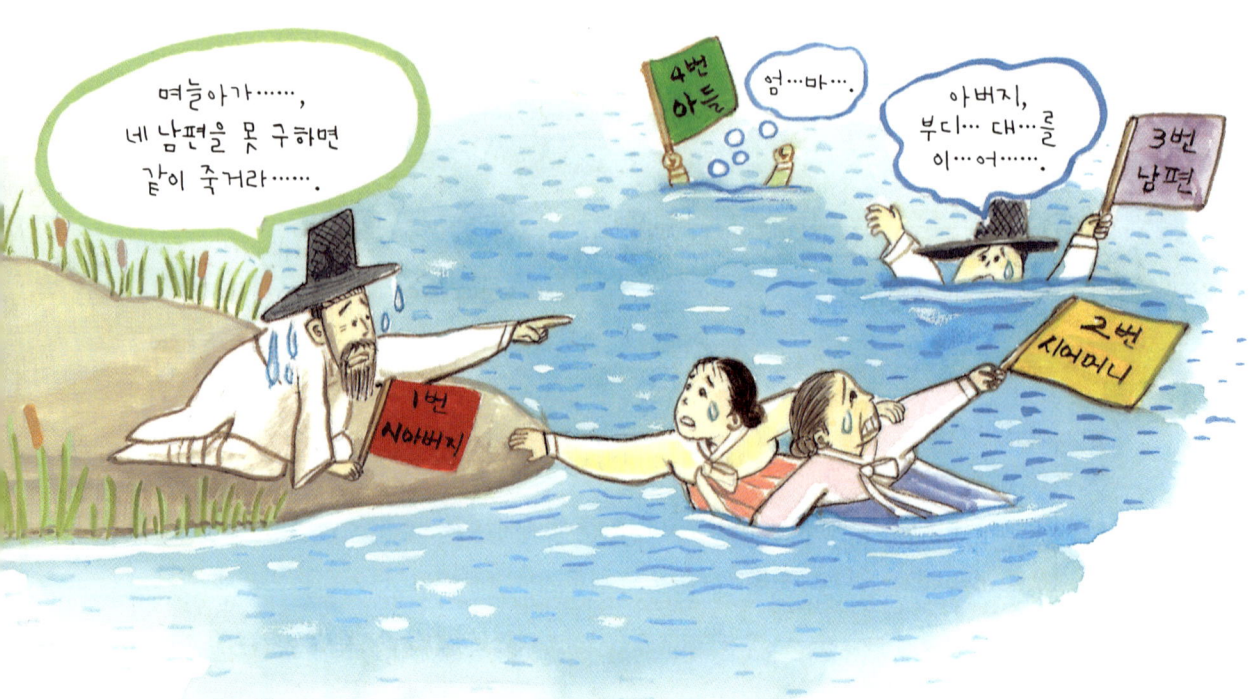

모든 문화에는 그 나름의 논리가 있기에 높고 낮음을 가릴 수 없다는 것을 잘 알고 있다. 한 나라의 역사에서도 오늘의 잣대로 어제를 잰다는 것은 무리가 있을 수 있다. 그렇다고 해도 이런 이야기를 들으면 가슴속에서 뜨거운 것이 치밀어 오른다.

인간으로서 당연히 가져야 하는 기본적인 권리, 즉 인권에 관한 이야기이기 때문이다. 지참금이 적다고 신부를 불태우거나 우물에 빠뜨려 죽이는 일이 흔하다는 인도 사람들의 얘기를 들을 때나, 성욕을 느끼지 못하도록 하기 위해 4~8세 때 여자아이의 외부 생식기를 잘라 낸다는 아프리카의 할례(할례의 후유증으로 수많은 여자들이 목숨을 잃는다고 한다.)에 관한 얘기를 들을 때면 참을 수 없는 분노가 끓어오른다. 이건 풍습이니 종교니 하는 말로 대신할 수 없는, 그야말로 목숨에 관한 문제이기 때문이다.

지금 내가 보고 있는 열녀비도 마찬가지다. 당사자가 스스로 희생을 원했다면 모를까. 그렇지도 않은데 주변에서 죽음으로 몰아 가는 것은 '집단 살인 교사'라고밖에 달리 표현할 방법이 없다.

이 자리를 빌려, 억울하게 죽거나 일생을 인습의 감옥에 갇혀 고통스럽게 보낸 여성들의 명복을 빈다. 그리고 이 열녀비가 이렇게 무자비한 시절도 있었다는 것을 보여 주는 과거의 유물로서 박물관에 전시될 날이 하루빨리 오기를 간절히 기대해 본다.

고초 당초 매운 시집살이

숲은 점점 깊어지고 주위에 사람이 없으니 마치 이 길을 내가 전세 낸 기분이다. 좀 더 길었으면 하는 아쉬움을 안은 채 제3관문에 닿았다. 고사리라는 동네는 동으로는 조령 제3관문, 북으로는 마패봉, 신선봉, 할미봉으로 둘러싸여 있어서 포근하게 느껴진다.

해는 아직 많이 남았지만, 경치 좋은 이곳에서 하룻밤 자고 가는 것이 좋겠다. 마침 식당이 몇 군데 눈에 띄었다. 식당에 들어가 밥을 먹으면서 주인에게 동네에 혼자 사는 할머니가 계시는지 물어보고 그 집에서 하룻밤 묵었으면 좋겠다고 했더니 기꺼이 한 분을 소개해 주었다.

예쁘장하게 생긴 할머니가 앞마당 수돗가에서 묵은 김치를 씻고 계셨다. 내가 인사를 하자 받는 둥 마는 둥 하면서 물에 씻은 김치를 한 가닥 건네주셨다.

"지져 먹으면 맛있겠지?"

마치 나를 잘 아시는 것처럼. 이 자그마한 할머니, 한창 때는 예쁘다는 소리깨나 들으셨을 것 같다. 예순이 좀 넘으셨겠다 했더니 일흔여덟 살이란다. 목소리도 크고 몸가짐도 씩씩하시다.

방에 들어가서는 더 깜짝 놀랐다. 혼자 사시는 할머니가 어쩌나 깔끔하신지, 이불이며 옷이며 방바닥이며 부엌이며가 손님이 올 줄 알고 미리 대청소라도 해 둔 것 같았다. 대충 씻고 들어가 얼굴에 로션을 바르고 있는데, 할머니가 내가 떨어뜨린 머리카락을 주워 모으시며 한마디 하신다.

"따듬기는 지랄나게 따듬으면서 시집은 왜 안 가?"

"할머니는 시집가니까 좋으셨어요?"

"아, 그때야 좋은지 뭔지 모르고 다 가는 거니까 갔지."

친정아버지가 술김에 사주단자 받아 와서 열세 살에 아무것도 모르고 시집을 왔단다. 너무 어린 탓에 남편이 무서워 도망 다니다가 열아홉 살에 첫날밤을 보내고 아들딸을 여럿 낳으셨다고. 다행히 남편이 죽는 날까지 정답게 지냈지만 시집살이가 고초 당초보다 매웠단다. 지금으로 치면 초등학교 6학년짜리 민며느리인 셈이니 그 시집살이가 오죽했을까?

"숨어서 얼마나 많이 울었는지. 시집이 가난하니까 몸을 움직여야 먹고 살았지. 농사도 짓고, 산나물도 캐고, 물레도 잣고. 새벽부터 들에 나가 저녁까지 일하고. 집에 오면 애기 젖 먹여 놓고 밥하지 빨래하지 옷 만들지, 하루도 그만 자자 작정하고 이불 속에 들어간 날이 없어. 그저 일하다가 고꾸라져 잤다우. 그렇게 일을 해도 먹는 날보다 굶는 날이 더 많았지."

할머니가 열여덟 살 되던 해, 시어머니가 시동생을 낳았는데 몸이 온전치 않아서 60년이 지난 지금까지 똥오줌 받아내며 수발을 들고 있단다. 그 고달픔이 얼마나 컸을지 짐작하고도 남았다.

그러다가 한국 전쟁이 났다. 어찌어찌하다가 남편과 시어머니만 피난을 갔고, 할머니는 몸이 불편한 시동생과 또 다른 시동생, 그리고 당신 아이들을 데리고 동네 뒷산 동굴 속으로 피신을 했다.

"폭죽기가 날고 비행기가 뜨고 총소리가 천둥처럼 울렸지만 마음만 곱게 먹으면 산다 생각하고 시동생들을 쌀강아지같이 키워 놓았지."

이 동네는 한국 전쟁 때 격전지였는데, 무엇보다 인민군들에게 물을 떠다 먹인 이야기가 인상적이었다. 부상당한 채 목이 말라 죽어 가는 인민군들이 보기 딱해서, 국군 쪽의 허락을 받고 집에서 물을 끓여다가 포로수용소에 널브러져 있는 인민군들에게 먹였단다. 물 한 바가지로 죽어 가는 사람을 살릴 수는 없었지만 '한 가지 소원이라도 풀고 가시게.' 하는 마음이었다고.

"어느 날 약초를 캐러 가다가 인민군 둘을 만났어. 열일고여덟 살이나 되었을까? 나를 보더니 도망갈 생각도 않고, 해칠 생각도 안 하더라고. 워낙 배가 고파서 아무 힘이 없었던 거야. 나는 조금만 기다리라고 하고는 얼른 집에 가서 소금 주먹밥을 만들어서 국군 몰래 갖다 주었지. '부디 몸 성히 부모님 곁으로 가시게.' 하면서……. 그 인민군 저도 울고 나도 울고 했어. 그 어린것들이 전쟁이 뭔지나 알고 나왔겠어?"

어린 나이에 시집와서 고생이란 고생은 다 맡아서 하신 분이 하는 말이 이렇다.

"나는 불쌍한 사람들 보면 뒤꼭지가 당겨서 그냥 못 가. 요즘에도 보건소나 면사무소에 갈 때마다 도와줄 사람이 없는지 살펴보지. 금방 죽을

것, 쌓아 놓고 살면 뭐 하나? 게다가 여태
껏 살면서 나도 모르는 사이에 내 목숨 살
려 주고 도와준 사람들이 월매나 많겠어?"

지금도 도토리 주워 묵 쑤고, 산나물 뜯
고, 더덕 캐고, 약쑥 뜯으며 용돈을 번다고
한다.

"들깨 심어서, 떨어서, 말려서, 빻아서, 짜
서 아들딸 싹 나눠 주면 내 먹을 것도 없어.
애고, 나는 한글도 몰라. 내가 글만 배웠어도
한자리 했을 텐디."

뻐기시는 모습이 내 보기엔 허튼 자신감이
아니다.

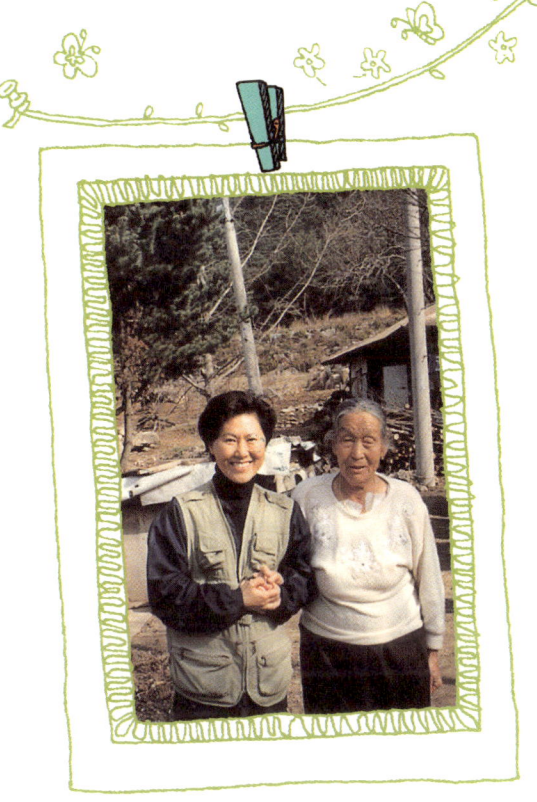

할머니는 비록 글자는 몰라도 사람이 어떻게 살아가야 하는지 너무나
잘 알고 계시는 듯하다. 서로 돕고 도움을 받는 것. 나는 그동안 남에게 피
해를 주지도 받지도 않고 사는 것이 제일 공평하다고 생각했다. 그러나 여
행을 다니면서 절실히 느꼈다. 세상은 안 주고 안 받는, 혹은 준 만큼만 받
고 받은 만큼만 주는 게 아니라 모르는 사이에 어떤 사람에게는 많이 주고
또 다른 사람에게는 많이 받는다는 것, 그렇게 돌고 돈다는 것을.

아침에 떠나기 전 한바탕 사진을 찍고는 할머니에게 용돈을 드리니 좋
아하시며 손수 캐다 말린 오가피, 만리향, 잔대, 향귀 등을 다락에서 꺼내
오신다.

"다 내가 캔 거야. 가져가서 대추 넣고 물 다섯 되가 두세 되가 되도록 졸여서 빈 속에 한 컵씩 먹으면 아주 좋아."

그러고는 환한 웃음.

돌아서면서 생각했다. 우리의 할머니들은 어쩌면 그리도 하나같이 파란만장한 삶을 살았을까? 한 분 한 분 이야기가 그야말로 한 편의 대하소설이다. 그런데 그 조그마한 쭈그렁 할머니들이 어찌 그리도 당당하신지.

일생을 가장 힘없는 신분으로 사셨던 할머니들이 인생의 막바지에 선 지금은 개선장군처럼 늠름하기만 하다. 무엇 때문일까? 그건 어떤 상황에서도 인간의 도리를 다했다는 자부심에서 나오는 당당함이 아닐까?

우리 땅엔 우리말 이름을!

오늘 역시 걷기 좋은 길이다. 제3관문에서 안보까지 6.4킬로미터는 내리막이라 속도가 나서 신났고, 안보에서 미륵사지 쪽으로 들어서니 트럭이 다니지 않아서 좋았다. 길 주변에 농사짓는 사람들이 일주일 전보다 훨씬 많이 눈에 띈다. 날씨도 알맞게 따뜻하다.

특히 안보에서 월악산 미륵사지까지는 논과 밭, 그 뒤로 높고 아름다운 산이 무대 배경처럼 겹겹이 둘러친 온전한 시골 마을이다. 그렇긴 해도 월악산이 이미 관광지로 개발되어서인지 마을 입구에는 예쁜 카페와 민박집들이 많다. 그런 건물들만 아니라면 내가 국립 공원 안에 들어와 있다는 생각이 들지 않을 정도로 호젓하다.

문경읍 지도에 나타나 있는 이 근처 동네 이름도 아랫파발, 점말, 새술막, 곰지골, 한여골 등 가지가지로 예쁘다. 어제 문경 새재 입구에 있던 마을 이름은 듣기에도 정이 가는 데다 심지어 이국적이기까지 한 '푸실'이었다. 풀이 우거졌다는 뜻의 '풀'에다 마을을 나타내는 '실'을 합해 '풀실'이 되고, 거기서 발음하기 어려운 'ㄹ'이 탈락해 '푸실'이 되었단다. 다른 지방에 있는 '푸시울'이나 '풀실'도 같은 뜻이다.

푸실! 소리 내어 한번 불러 보라. 참 예쁘지 않은가. 부르기도 좋고 듣기도 좋고 뜻도 좋은 이름이다. 이런 이름을 두고 일제 강점기 때 편한 대로 지은 상초리(上草里), 하초리(下草里) 등을 지금껏 공식 지명으로 사용하고 있다.

이렇게 정겹고 사랑스런 토박이 이름이 멋도 뜻도 없는 한자 이름으로 불리는 경우는 수천수만 가지다. 곰내가 웅천(熊川), 까막다리가 오교(烏橋), 따순개미가 온동(溫洞), 숯고개가 탄현(炭縣), 구름터가 운기리(雲基里) 등 생각나는 대로 살펴봐도 대번에 알 수 있다.

무엇이 나라 사랑일까? 거창하게 생각할 것 없이 우리가 물려받고 또 물려줄 우리 땅 이름에 관심을 갖고 그 이름을 제대로 불러 주는 것, 그것이 바로 나라 사랑이다.

실제로 땅 이름을 제대로 불러 주자는 운동에 앞장선 '한국땅이름학회', 특히 한국감정원 원장이었던 강길부 씨의 의견은 곧바로 실천에 옮겨 볼 만하다. 행정 지명을 갑자기 바꾸면 혼란에 빠질 수 있으니 구나 동을 나눌 때 1, 2, 3, 4 같은 숫자를 쓰지 말고 원래의 땅 이름을 쓴다든지, 새로운

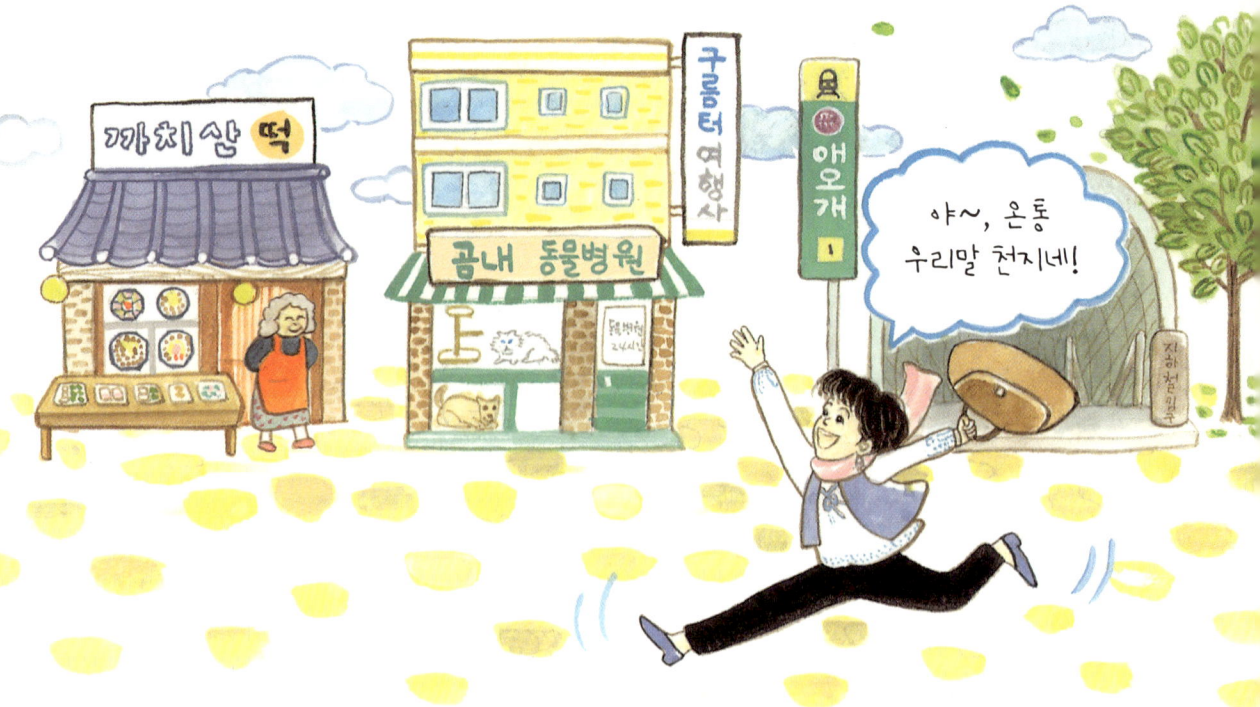

아파트 단지, 혹은 새 길을 내거나 다리나 공원 같은 공공시설을 만들 때
도 토박이 이름을 붙이면 좋을 것이라는 제안이다.

내가 지하철 5호선을 타고 다니면서 가졌던 생각과 매우 비슷하다. 까치
산, 노들길, 여의나루, 애오개 등 자칫 사라질 뻔했던 토박이 이름이 역 이
름 덕분에 하루에도 수백 번씩 불리면서 새로운 생명을 얻고 있다.

내게도 그럴듯한 생각이 한 가지 있다. 동네에 새로 가게를 내는 사람들
이 상호를 토박이 이름으로 짓는 것이다. 따순개미찜질방, 도르메등산장
비, 숯고개숯불갈비, 구름터여행사, 곰내동물병원 등.

시외버스를 타고 가다가 어디쯤 왔나 두리번거릴 때 '의정부슈퍼'가 나
오면 의정부인 줄 아는 것처럼, 가게 이름 때문에 그 동네의 토박이 땅 이
름이 살아날 수도 있지 않을까?

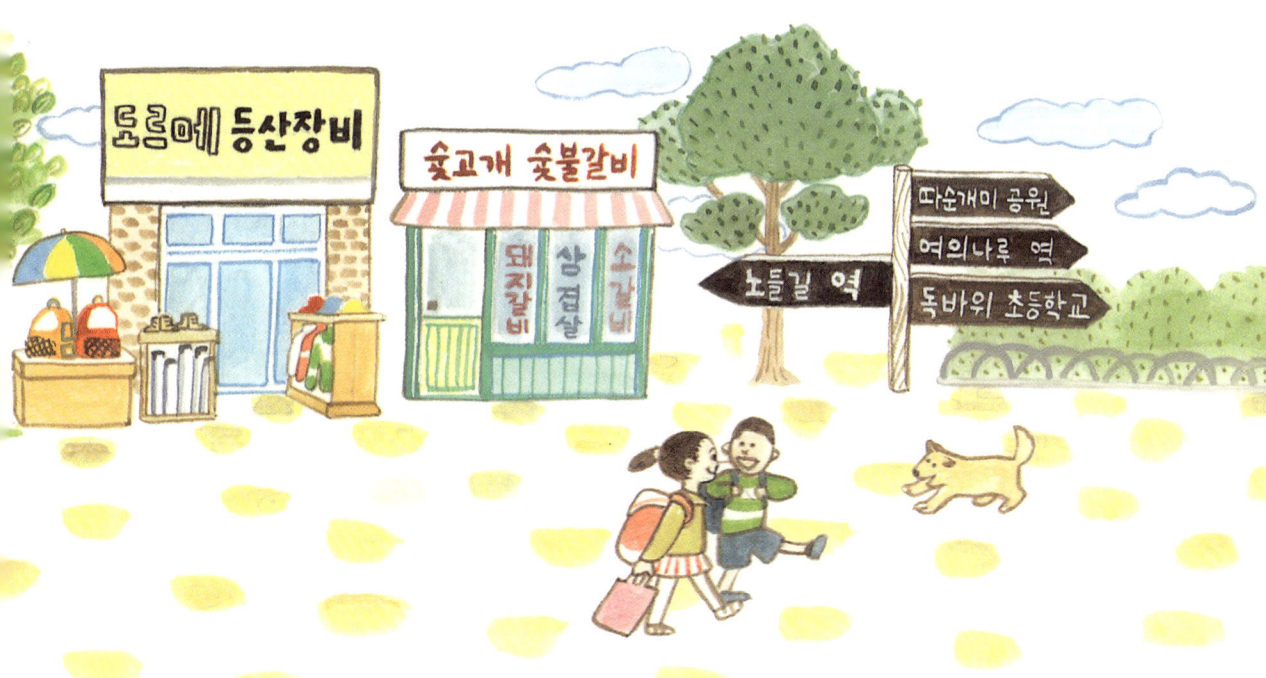

내게는 발이 밑천!

오후 늦게 찾아간 미륵사지의 미륵 부처님은 보는 것만으로도 마음 푸근해지는 웃음으로 나를 맞았다. 보물 제96호로 지정된 높이 10미터 정도의 석불 입상인데 둥근 얼굴과 활 모양의 눈썹, 넓은 코가 인자하면서도 근엄함을 잃지 않아 마음을 끌었다.

부처님 앞에 바쳐진 공양미를 정신없이 훔쳐 먹는 다람쥐가 귀엽다. 감히 뉘 앞에서 도둑질이냐고 할 수도 있지만, 왠지 저 부처님은 그냥 눈감아 주실 것만 같다. 가랑비가 부슬부슬 내리는데도 어둑어둑해질 때까지 미륵 부처님 앞에 앉아 친구를 해 드렸다. 부처님도 내 친구를 해 주신 거다.

주차장 근처의 가게에서 대중가요를 어찌나 크게 틀어 놓았던지, 그 주변에서 묵는 게 도무지 내키지 않았다. 주차장 관리 아저씨에게 조용한 민

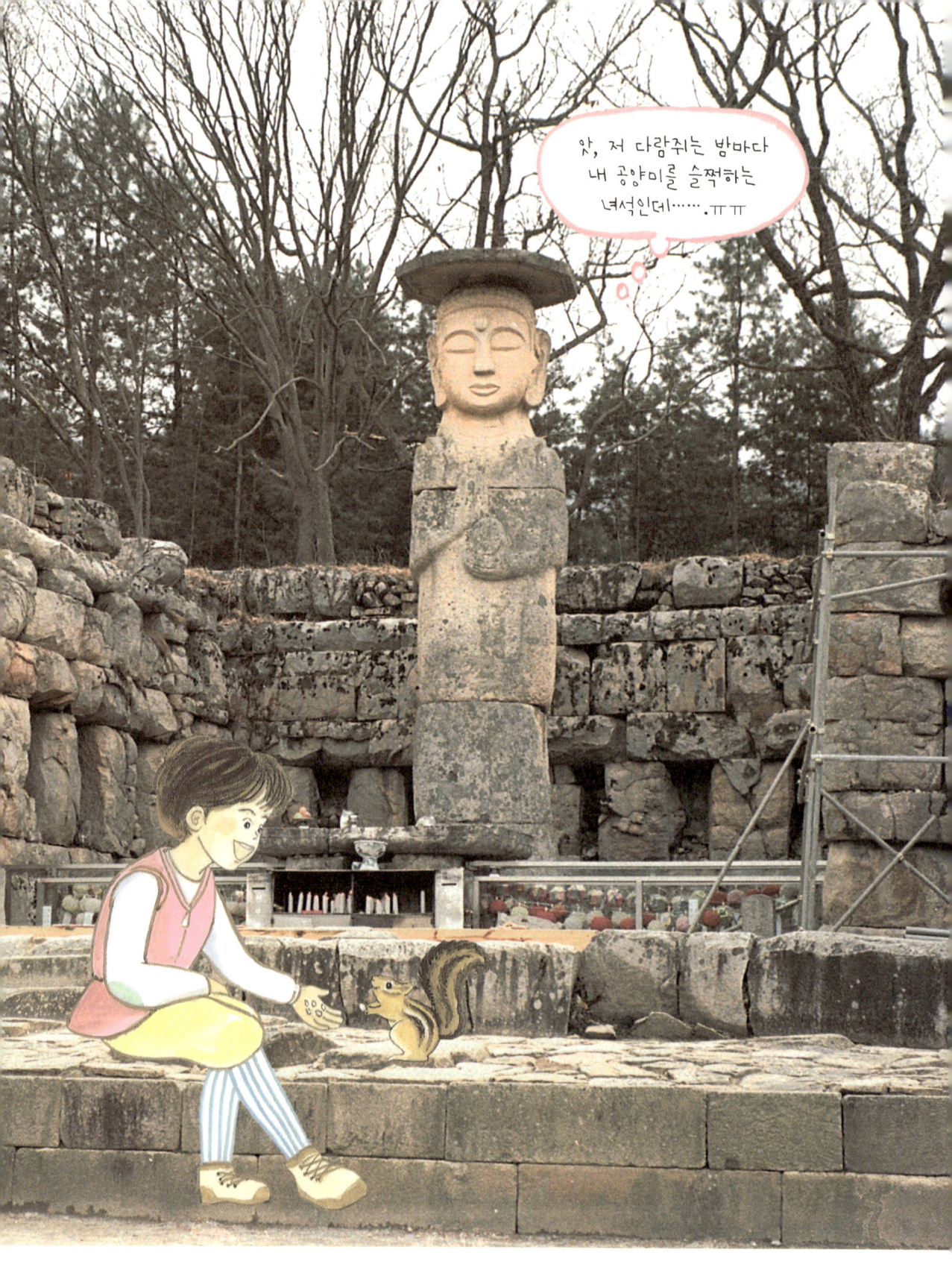

박집을 알려 달라고 부탁했더니, 산나물 파는 가게의 칠십대 초반 할머니에게로 데려갔다.

골목을 돌아 돌아 집으로 데려간 할머니. 자기는 가게를 봐야 한다며 보일러를 틀어 주고는 9시에 오마는 말만 남기고 그냥 내빼신다. 영감님은 충주에 가서 내일 오니까 마음 놓고 있으란다. 아이고, 저 할머니 내가 누군 줄 알고 안방을 맡기고 나가시나요?

뜨거운 물이 아주 잘 나왔다. 우선 욕조에 물을 받아 몸이나 푹 담그고 있어야겠다. 저녁으로 인스턴트 자장면을 끓이고 있는데 마침 할머니가 들어오셨다.

"어머, 할머니, 9시에 오신다면서요?"

"손님이 있는디 9시까지 다 채우고 올 수는 없지."

그러고는 뭘 해 먹느냐고 물으셨다.

"자장면이요. 같이 먹어요. 그런데 할머니, 혹시 오이 없어요?"

"아야, 동지섣달이 방금 지났는데 무신 오이를 찾나?"

할머니는 난생처음 '라면 자장면'을 먹어 본다면서 중국집 것보다 훨씬 맛있다고 한다. 저녁상을 물리고서 내 배낭의 물건들을 신기한 듯 꺼내 보며 이것저것 물으신다. 내가 발에다 로션을 바르자 할머니가 깜짝 놀란다.

"아니, 발에다 무슨 구리무를 그렇게 바르나?"

발에 로션을 다 바른 뒤, 머리 빗는 솔로 발바닥을 탁탁 두드렸다.

"아니, 발바닥은 왜 그렇게 오뉴월 개 패듯 하나?"

"이렇게 해야 혈액 순환이 잘 돼요."

"참말로 희한한 사람도 다 있네."

할머니는 호기심이 풀리지 않은 표정이었다. 할머니가 신기해하는 것이 재미있어서 콜라 병을 찾아 평소에는 어쩌다 하는, 발바닥으로 병 굴리기와 발가락으로 책장 넘기기 등의 묘기를 보여 주었다. 이 '묘기 대행진'을 보는 할머니의 눈이 진지하기 그지없었다.

뭐니 뭐니 해도 내게는 발이 밑천이다. 발이 없으면 걸어서 지구 세 바퀴는커녕 동네 한 바퀴인들 마음대로 돌았을까? 그래서 나 같은 짠순이도 신발을 사거나 발에 바르는 로션을 사는 데는 돈을 아끼지 않는다.

내 발은 주인을 잘 만난 건지 잘못 만난 건지 다른 발보다 적어도 수십 배는 더 걸어 다닌다. 여간해서는 탈도 안 난다. 이번 도보 여행 중에도 피곤하면 입술은 부르트는데, 발은 딱 한 번밖에 물집이 생기지 않았다. 주인과는 달리 '독한 발'이다.

내 발은 남다른 고생도 하지만 남다른 호강도 한다. 우선은 주인이 발의 중요성과 고마움을 제대로 알고 최선을 다해 돌봐준다.

지난달에는 박상남이라는 사진작가가 내 발을 모델로 사진 전시회를 열었다. 얼굴이 아닌 발이 커다랗게 찍혀 최고급 액자에 넣어져 인사동 화랑에 전시됐으니 발치고는 대단한 출세다. 그 전시회는 내 발만이 아니라 마라토너 이봉주, 산 사나이 엄홍길, 족필 화가, 현대·고전 무용수, 피겨스케이팅 선수 등 발로 무언가를 이뤄 내고 있는 사람 열 명의 발을 모델로 했다. 그런데 작가의 말이 걸작이다.

"발로 뭔가를 하는 사람들은 자신의 일을 온몸으로, 혼신을 다해 우직하게 대하는 것 같아요."

　몇 년간 발만 찍으러 다녔더니 신발과 발만 봐도 그 사람의 직업과 신분, 성격, 건강, 심지어는 사람 됨됨이까지 알 수 있다고 한다. 화장을 하거나 보석 같은 걸로 화려하게 꾸민다고 다르게 보이는 것이 아니므로 발에서 그 사람의 참모습이 적나라하게 드러난다는 것이다.

　맞는 말이다. 발로 무언가를 하는 사람들은 약지도 못하고 융통성도 없다. 날아갈 수도 건너뛸 수도 없다. 지름길도 없고 남의 힘을 빌릴 수도 없다. 죽이 되든 밥이 되든 그저 제 힘으로 한 발 한 발 자기 길을 갈 뿐이다.

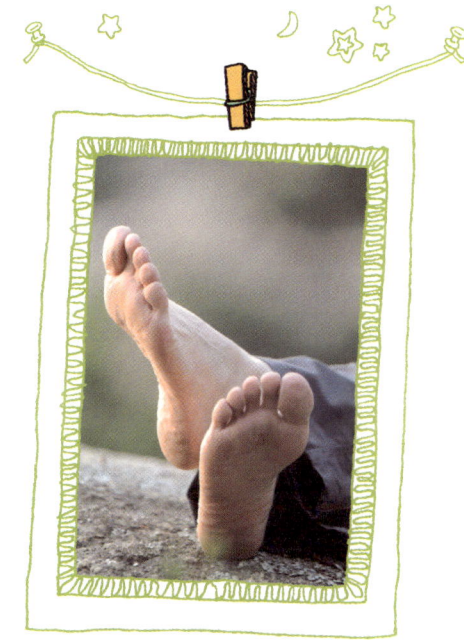

　그러나 그들은 알고 있다. 그 한 걸음 한 걸음, 그 작아 보이는 힘이 사실은 얼마나 큰 힘을 가지고 있는가를. 그리고 제 발로, 제 힘으로 땀 흘려 무엇인가를 일궈 냈을 때 저 밑바닥에서 솟아오르는 행복감을.

반갑다, 친구야!

　밤 11시에 출판사에서 일하는 친구 김수진과 초등학교 6학년인 아들 형수가 왔다. 물론 그냥 조용히 잘 수 없지. 어린이를 생각하는 마음으로 새벽 2시까지만 수다를 떨기로 했다. 국토 종단 도중 한번 따라붙겠다고 했을 때 그리 기대를 하지 않았는데 정말로 나타난 것이다. 반갑다, 그리고 고맙다.

그동안 밀린 주변 사람 얘기, 책·영화 얘기, 연예가 정보, 최신 우스갯소리 등을 주고받다가 뜬금없이 수진이가 이렇게 물었다.

"언니, 결혼은 안 할 거예요?"

"글쎄 말이야, 임자가 안 나타나네."

"언니가 맨날 하는 말 있잖아요. 세상에 공짜가 어디 있냐고. 열심히 찾아보기나 했어요?"

"아, 누가 뭐랬어? 얘가 오랜만에 만나서 웬 바가지야?"

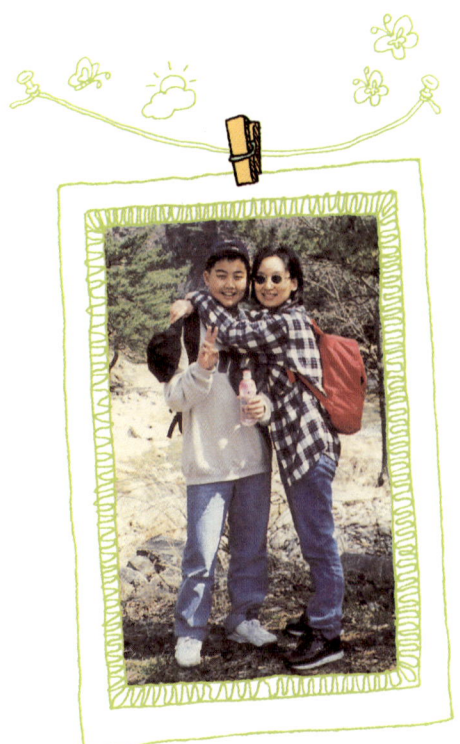

"그때 소개받았다는 사람은 어떻게 되었어요?"

"그 사람? 마음에 들어서 다시 만나 저녁을 먹었거든. 그때 앞으로의 계획을 묻더라. 그래서 곧 난민 기구에서 일할 것 같다고 했지. 그러면 뉴욕이나 제네바에서 근무하게 되느냐고 하더라. 내가 '아니요, 저는 본부가 아니라 현장에서 일할 생각이에요. 재난의 현장에서요.' 했더니, 글쎄 어이없다는 듯 빤히 쳐다보면서 '그럼 한비야 씨, 이 자리에 왜 나오셨어요?' 하지 뭐야. 그런 반응에 좀 당황했어. 하기야 어느 남자가 여자 따라 순순히 전쟁터로 가겠니?"

"결혼이 하고 싶기는 한 거예요?"

결혼에 대한 지금의 내 생각은 '꼭' 해야겠다거나 '절대로' 하지 않겠다거나 이 둘 중 하나가 아니다. 그야말로 물 흐르는 대로 따르고 싶다. 하게 되어도 좋고 그러지 않는다고 해도 나쁘지 않다는 얘기다.

"수진이 너, 사는 거 보고 샘나면 결혼할게."

수진이에게 한마디 던지니 냉큼 말을 받으며 돌아눕는다.

"이상으로 한비야 씨와의 파워 인터뷰를 마치겠습니다. 자, 조명! 불 좀 꺼 주세요."

귀여운 것, 말귀도 밝지.

여관방은 왜 뜨거울까?

이곳 월악산 미륵사지를 중심으로 세 개의 고갯길이 있다. 하나는 문경으로 가는 하늘재, 어제 걸어온 수안보로 넘어가는 지릅재, 그리고 오늘 내려갈 송계 계곡을 끼고 가는 닷돈재다. 이곳은 옛날에 산적들이 고갯길을 막고 지나가는 사람들에게 통행료로 닷 돈씩 걷었다고 해서 닷돈재란다.

국립 공원 월악산은 관리가 정말 잘 되고 있어서 국립 공원 통행료 천 원이 조금도 아깝지 않다. 곳곳에 서 있는 간판에도 친절하고 유용한 정보가 가득 담겨 있다. 길옆이나 계곡에 쓰레기가 하나도 보이지 않는다. 무엇보다 마음에 드는 점은 음식점이나 휴게소가 늘어서 있지 않다는 것이다. 이 공원을 관리하는 공무원들에게 고맙다는 편지를 쓰고 싶을 정도다.

오늘은 '초보자 일행'이 있으니 다 같이 즐기면서 갈 수 있는 만큼만 가기로 했다. 월악 팔경의 하나인 송계 계곡. 송계 계곡은 클로즈업 치약처럼 초록색 물이 때로는 졸졸, 때로는 우르르 쾅쾅 흐른다.

그렇게 흐르던 물이 커다란 바위를 만나면 크고 작은 폭포를 만들어 낸다. 양옆에는 설악산 한 귀퉁이를 떼어다 놓은 듯 험한 바위들이 멋지게 조화를 이룬다. 고무서리 계곡의 맑은 물과 암벽이 잘 어우러진 망폭대가 바로 월악산의 정기가 한데 모이는 곳이란다.

이렇게 미니 설악산 계곡이 계속되다 잊을 만하면 통통하고 아기자기한 미니 지리산이 "나, 여기 있어." 하고 튀어나온다. 그러다 얼마 가지 않아 "나도 뼈 있어." 하는 듯 돌산이 또 나타난다. 그뿐인가. 송계라는 이름의 값을 하듯 울창한 소나무 숲에서 뿜어 나오는 솔향기는 어떻고. 오늘 하루 종일 연초록, 초록, 진초록 등 온갖 초록을 보아 눈까지 좋아졌겠다. 송계 계곡 정말 짱이다.

차도 별로 다니지 않고, 날씨도 좋고, 친구와 낄낄거리며(이 친구는 이히히히 낙타 소리를 내며 웃는다. 이 웃음소리가 사람을 더 웃긴다.) 걸으니까 더할 나위 없이 좋다. 얘기를 하고 걸으면 에너지가 두 배로 드는 데다 경치를 자세히 감상할 수 없다는 단점이 있다. 하지만 같은 것을 보고 느끼면서 경험을 나누는 것도 참 멋진 일이다. 미륵사지에서부터 14.5킬로미터, 아주 만족스러운 4시간 길이었다.

월악 나루(충주호 일주 선착장)에서 숫갓 마을에 이르는 국도 36번 길은 송계 계곡만은 못하지만 역시 월악산을 배경으로 한 경치가 빼어나다. 처음 이렇게 오래 걸어 보는 수진이와 형수가 언제쯤 그만 걷자는 말을 하려나 했는데, 숫갓 마을에 도착한 5시가 넘도록 찍소리 없이 잘도 걷는다. 엄마와 아들이 죽이 맞아 콧노래까지 부른다. 지금까지 적어도 20킬로미터는 걸었는데. 초짜들이 제법이다.

운 좋게 오전에 두 번, 오후에 두 번밖에 다니지 않는다는 시외버스를 만나 제천으로 갔다. 우리가 걷고 있는 길에는 묵을 만한 곳도, 먹을 만한 곳도 없기 때문에 일단 큰 도시로 나가기로 한 것이다. 벌겋게 달아오른 형수 얼굴에는 오늘 한 일을 뽐내고 싶어 하는 기색이 역력하다. '그럴 만도 하다, 형수야. 네가 걸은 길이 자그마치 20킬로미터도 넘으니까.' '가짜 이모'인 내 눈에도 그렇게 보이니 '진짜 엄마'인 수진이 눈에는 얼마나 대견할까?

제천역 근처는 그야말로 여관 천지이다. 이름도 가지각색인 그 여관들 중에서 우리는 지하에 목욕탕이 있는 곳을 골랐다. 내 경험에 따르면 목욕탕이 딸린 여관은 한결같이 방이 따뜻했다. 저녁을 먹으러 나가면서 열쇠를 맡기려고 주인아줌마를 불렀다. 그런데 한참이 지나도 조용하다. 우리 셋이 장난삼아 합창으로 "아줌마아!" 부르니 그때서야 아줌마가 씩씩거리며 나온다.

"화장실에 있는데 왜 그렇게 불러요?"

그게 괘씸했을까? 우리는 그날 전기구이 통닭이 될 뻔했다. 방바닥이 너무 뜨거워서 이불과 요까지 깔았는데도 도저히 누워 있을 수가 없었다. 방문을 활짝 연다고 부지깽이처럼 달궈진 방바닥이 식겠는가.

견디다 못해 방에서 나와 목욕탕 입구에 쭈그리고 앉아 있었다. 이게 웬

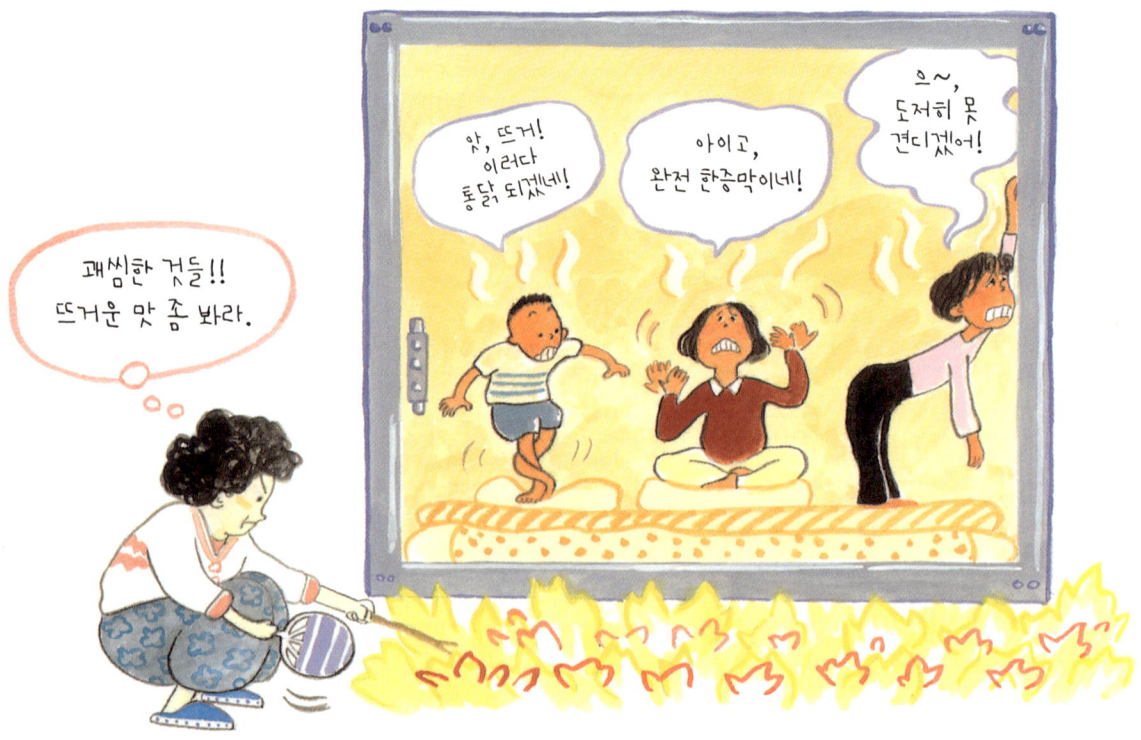

시집살이?《단종 애사》에서 뜨거운 방에 갇혀 있던 단종의 심정을 알겠다.

여자가 어때서?

친구가 오는 것은 말할 수 없이 반갑지만 헤어지고 혼자 남을 땐 콧등이 찡해져 싫기도 하다. 수진이와 형수는 차를 타고 서울로 올라가고, 나는 어제까지 걸었던 길로 돌아가 청풍 쪽으로 난 길을 따라 걷는다.

이 길은 참 특이하다. 어제 끝났던 숫갓 마을에서 신현 2리까지 1시간

반은 여느 국도변이나 다름없었는데 거기서부터 오티까지는 산길이었다. 동네 사람에게 물어보니 그 길이 청풍으로 가는 지름길이라는데, 가는 길에 집 한 채도 없을뿐더러 이정표도 없어서 하마터면 한국통신공사 송전탑까지 올라갈 뻔했다. 비록 동네 산이긴 하지만 봉화재라는 어엿한 이름까지 있는 고개다.

한참을 오르락내리락하면서 밭과 산이 어우러진 풍경을 실컷 보았다. 비탈진 밭에는 눈이 온 것처럼 얇게 비료가 뿌려져 있고, 그 밭을 가는 소와 농부의 '이랴' 소리가 정겹다. 방금 갈아엎은 진한 고동색 밭에서 풍기는 흙냄새가 누룽지처럼 구수하다.

어미 소 옆에서 놀고 있는 갓 낳은 송아지. 내가 다가가자 얼른 제 어미 옆으로 달아난다. 그러고는 안심했다는 듯 빤히 쳐다본다. 어미 소인들 무슨 힘이 있을까마는. 그렇지, 저 송아지에게는 세상에 둘도 없는 보호자인 게다. 한 줌도 안 되는 하룻강아지가 지나가는 나를 보고 멍멍 짖는다. 내가 일부러 쫓아가는 척하니까 단숨에 젖이 출렁출렁한 어미 개 옆으로 도망가 분하다는 듯 캉캉거린다. 제 어미가 대단히 힘이 센 줄 아나 보다.

차가 다니지 않는 길이라 사람이 귀했던가. 풀을 뽑던 할머니가 나를 보더니 힘들겠다며 무조건 자기 집에서 하룻밤 자고 가란다. 내가 "할머니도 농사일 힘드시죠?" 했더니 "젊은 사람이 힘들긴 뭐가 힘들어?" 한다.

나이 육십에 젊다고 생각하는 멋쟁이 할머니라고 생각했는데, 실제로 이 마을에서 나이가 제일 적다고 한다. 그러고 보니 이번 여행길에 만난 사람들은 온통 할머니 할아버지들이다. 갓난아기는 물론 어린이나 젊은이들은 거의 볼 수가 없다. 환갑을 맞은 어른이 한 동네의 막내가 되는 것, 이 것이 믿기 어려운 우리 농촌의 고령화 현상이다. 어쩌면 할머니한테는 잘된 일인지도 모른다. 환갑이 넘으면 보통은 '이 나이에 무슨……'이라는 말을 하게 되지 않나? 더구나 여자라면 더 움츠러들게 마련인데.

내가 제일 싫어하는 말은 '여자니까', 그리고 '이 나이에'다. 이 두 마디가 잘해 보자는 기를 꺾을 수도 있고, 또 최선을 다하지 않고도 남들이 그저 잘 봐줄 거라는 '빠져나갈 뒷문'이 될 수도 있기 때문이다.

"여자가 참 간도 크다."

만 6년 동안 혼자서 세계 일주를 했다고 하면, 사람들 대부분의 첫 번째 반응은 이렇다. 내전 중인 곳을 다니다가 총살당할 뻔하기도 하고, 밤거리의 릭샤꾼에게 끌려가기도 하고, 광견병 걸린 개에게 물리기도 하고, 성난 원숭이 떼에게 쫓기기도 하고, 가슴 졸이는 밀입국과 밀항을 하기도 한 내 여행기를 읽은 사람들의 반응은 더욱더 그렇다. 어느 외과 의사가 "한비야 씨 배 속은 틀림없이 반은 위고, 반은 간일 겁니다."라는 재미있는 편지를 보내와서 한참 웃은 적도 있다.

사실 여행에서는 '여자니까' 더 어렵고 힘들기보다 '여자라서' 더욱 알차고 멋진 경험을 하게 된다. 예를 들어 서아시아를 여행할 때는 '여자니까' 그곳 사람들 집에 묵으면서 여자들과 아이들과 친하게 지낼 수 있었고, 덕분에 모슬렘 문화를 제대로 경험할 수 있었다. 남자라면 주인집 여자들 얼굴도 보지 못했을 거다.

이번 국토 종단에서도 그렇다. 여자라서 혼자 사시는 할머니들에게 하룻밤 재워 달라고 하기도 하고, 또 그분들의 기막힌 삶 이야기도 들을 수 있었다. 많은 여자들이 '이 나이에'와 '여자니까'라는 토를 달며 자기 능력을 스스로 낮게 평가한다. 시작도 하기 전에 포기하거나, 나는 '이것밖에 못 하는 사람'이라고 자기 능력에 한계를 그어 버리는 것이다.

그런데 어떤 일을 시작하지 못하거나 잘할 수 없는 것이 정말 단순히 나이와 성별 때문일까? 혹시 그 이면에는 새로운 것에 대한 두려움이나, 말과는 달리 실제로는 노력을 기울일 준비가 되어 있지 않아서 엄살을 부리고 핑계를 대는 것은 아닐까?

내가 세계 일주를 시작한 것은 서른다섯 살 때였다. 대개 배낭여행을 이십대 초반에 한다고 치면, 그야말로 나는 할머니 배낭족이었던 셈이다. 그뿐만이 아니다. 대학교도 6년 늦게 들어갔고, 첫 직장도 남들에 비해 10년 정도 늦었다. 그러니 나는 늘 늦었다는 생각으로, 그리고 기회가 많지 않다는 조급함으로 뭐든지 빨리빨리 해서 남을 이겨야만 성이 풀렸다.

그런데 긴 여행을 통해서 '이 나이에'라는 강박 관념에서 크게 자유로워졌다. 세상에는 각자 자기만의 속도와 진도로 짜인 나만의 시간표가 있다는 것을 깨달았기 때문이다.

자신이 어디로 가고 있는지 목표가 있다면, 그리고 자기가 바른 길로 들어섰다는 확신만 있다면, 남들이 뛰어가든 날아가든 자신이 택한 길을 따라 한 발 한 발 앞으로 가면 되는 것이다. 중요한 것은 어느 나이에 시작했느냐가 아니라, 시작한 일을 중간에 포기하지 않고 끝까지 꾸준히 했느냐인 것이다.

아, 걷는 즐거움이여!

주말부터 청풍에서 벚꽃 축제가 벌어진단다. 동네는 청사초롱을 매단다, 현수막을 건다, 어수선했지만 정작 주인공인 벚꽃은 하나도 피지 않았다. 작년에도 백열등에 불을 켜서 억지로 벚꽃을 피웠다고 한다. 산과 호수만으로도 충분히 아름다운 곳인데, 하얀 벚꽃까지 피면 참 멋지겠다.

청풍에서 금성으로 가는 길 언덕에는 청풍 문화재 단지가 있다. 충주댐을 만들면서 수몰된 곳에서 옮겨 온 유물들로 규모는 작지만 민속촌처럼 재미있게 꾸며 놓았다. 양반집과 서민집 안에는 할머니 할아버지들이 직접 쓰시던 손때 묻은 생활 도구들이 그대로 전시돼 있었다.

한 집에 들어서니 닭장 속에 수십 마리의 닭들이 꼬꼬댁거린다. 금방이라도 "게 누구슈?" 하며 집주인이 튀어나올 것만 같다. 방 안의 장롱 등 살림살이, 부엌의 그릇, 창고 안팎의 투박한 농기구들도 시골 외가에 와 있는 듯 모두 자연스럽고 정겹다.

다시 산길과 호숫길이 나타난다. 오르락내리락, 꼬불꼬불. 지나가는 차도 없고 날씨도 적당히 흐리다. 아름다운 길, 마음에 쏙 드는 길이다. 이렇게 걷기 좋은 길은 될수록 천천히 걷고 싶다. 나는 지금 기록을 세우려는 것도 아니고, 누구와 경쟁하고 있는 것도 아니니까 이렇게 멋진 길을 빨리 빨리 갈 이유도 필요도 없다. 아니, 빨리 가면 그만큼 손해다. 될수록 천천히! 더 천천히!! 더욱 천천히!!!

아, 걷는 즐거움이여. 차를 타고 이름난 곳 위주로 돌아다니면 도저히 느낄 수 없는 기쁨이다. 차로 하는 여행이 머리와 눈만의 즐거움이라면 걷는

여행은 눈으로 보고, 코로 맡고, 귀로 듣고, 발로 느끼는 '오감 만족 여행'
이다. 이번 여행을 떠나며 기대는 했지만 이 정도일 줄은 정말 몰랐다.

이렇게 걸으니 자연과도 진솔하게 만날 수 있다. 스쳐 가는 수많은 나무
들, 풀들, 새들, 꽃들. 나는 지금도 이름 없는 새, 이름 모를 나무라고 부르
지만 그 새나 나무에 왜 이름이 없겠는가. 내가 모를 뿐이지. 이번에 서울
에 가면 우리나라 꽃 도감, 나무 도감, 새 도감 등을 사야겠다. 그리고 부지
런히 공부해야지. 이제부터라도 제 이름으로 불러 주고 싶다. 그래서 하나
하나 잘 사귀고 싶다.

날 잡아가 보겠다고?

제천에서는 어디서든지 의림지를 볼 수 있는 줄 알았다. 그런데 알고 보
니 그곳은 내가 가고 있는 길에서 많이 벗어나 있었다. 충청도의 다른 이
름인 호서(湖西)가 바로 의림지의 서쪽이라는 데서 유래됐을 만큼 유명한
곳이지만, 이번에는 가 보지 않기로 했다. 한 걸음이 아쉬운 참이니까.

국도 옆으로는 감자, 옥수수, 고추를 심고 있는 농부들이 많이 보인다.
감자, 옥수수가 많아지는 걸 보니 강원도가 가까워지는 모양이다. 아저씨
한 분이 어디 가느냐고 묻기에 평창에 간다니까 하시는 말씀.

"평창까지 까마이 남았는데요."

뒤끝을 살짝 올리는 그분의 말씨도 충청도보다 강원도 사투리에 가깝다.

주천으로 가는 길에 야구 모자를 쓰고 알록달록한 티셔츠에 양복바지를

입은 조그만 체격의 삼십대 남자가 자꾸 신경에 거슬린다. 내가 천천히 가면 천천히 걷고 빨리 가면 빨리 걷는 품새가 나를 따라오는 게 분명하다. 만약 깜깜한 밤이고 차가 드물게 다니는 곳이었으면 바짝 긴장을 했을 테지만 훤한 대낮인 데다 차도 많이 다니는 길이라 일단 마음을 놓았다.

그런데 아니나 다를까, 그 사람이 말을 걸어 왔다.

"어디까지 가세요?"

"평창이요."

"왜 걸어서 가세요?"

"도보 국토 종단 중입니다."

"이렇게 혼자 걷다가 누가 잡아가면 어떻게 해요?"

드디어 본색을 드러내며 느물대기 시작한다.

"안 잡아가요."

나는 귀찮다는 듯 딱 잡아떼고는 앞만 보고 걸었다.

"그럼 내가 잡아가 볼까?"

그 사람이 갑자기 반말을 하며 히죽 웃었다.

"이것 봐요. 바쁜 사람한테 말 시키지 말고 아저씨 갈 길이나 가세요."

나는 걸음을 멈추고 눈을 치뜨며 정색을 하고 말했다. 그랬더니 그 사람이 느글거리는 눈빛으로 "이거 되게 무서운데?" 하며 내 어깨를 툭 치는 것이 아닌가. 기가 막혀서 쳐다보니 무서워서 그러는 줄 알고 이번에는 아예 어깨를 손으로 만지작거리려고 한다. 이것 봐라. 너, 오늘 임자 만났다.

"이놈아, 어디를 만져?"

나는 목청껏 소리를 지른 뒤 그놈의 옷소매를 움켜잡고 그대로 찻길로 뛰어들었다. 저 멀리서 차가 오고 있는 것을 진작 보아 두었던 것이다. 달려오던 차가 바로 앞에서 급히 멈춰 섰다. 그 뒤차도, 그 뒤차의 뒤차도 줄줄이 멈췄다. 이런 상황을 전혀 예상치 못했던 그놈은 깜짝 놀라서 내 손을 재빨리 뿌리치고는 걸음아 날 살려라, 오던 길로 달아났다.

"무슨 일이에요?"

승용차 안의 노부부가 묘한 표정으로 나를 쳐다보았다. 마치 내가 저 남자를 성희롱하는 현장을 목격한 것처럼.

"미안합니다, 저 사람이 자꾸 따라와서요. 미안합니다."

운전석에서 고개를 삐죽 내민 다른 사람들에게도 고개를 숙였다.

"그러니까 왜 여자 혼자 다녀요? 위험하게시리."

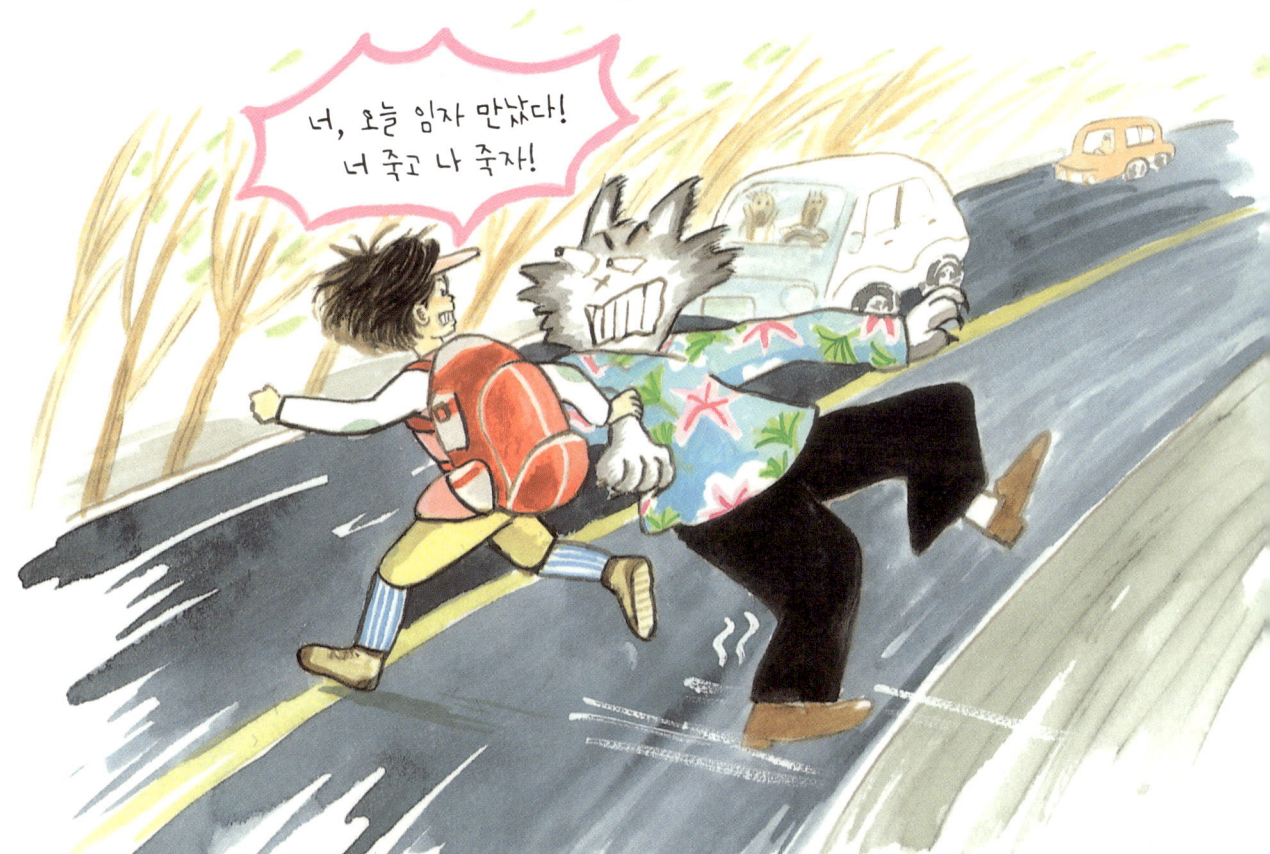

한 아주머니가 혀를 끌끌 찼다. 걱정과 비난이 섞인 목소리였다. 억울했지만 할 말이 없었다. 따라붙는 남자와 함께 찻길로 뛰어드는 여자를 보고 위험하다고 생각하는 사람이 정상일 테니까. 추근댄 사람이 원인을 제공했는데도 결국은 피해자인 내가 혼나고 있었다.

이 일이 있은 후 몇 시간 동안은 자꾸만 뒤를 돌아보게 되었다. 혹시 그놈이 아까 당한 망신을 되갚으려고 대규모 지원군을 이끌고 다시 나타날지도 모른다는 불안한 생각이 들어서였다. 이래서 여자 혼자 길을 떠나면 모두들 걱정을 하나 보다.

'싸가지 많은' 놈의 쓰레기 처리법

몸살기가 있는 것 같아 하루 쉴까 하다가 1시쯤에야 길을 나섰다. 주천에서 한동안은 내리막의 호젓한 산길이더니 판운에 들어서면서부터는 평창강을 따라 걷는 물길이다. 이 평창강은 주천강, 동강으로 이어지고 평창강과 동강이 합수머리에서 만나 충주댐을 지나 섬강을 거쳐 한강으로 흐른다.

물은 같은 물인데 사람들이 이름만 다르게 부르는구나. 수심이 얕은지 스르륵스르륵 자갈 위로 강물이 흐르는 소리가 참 듣기 좋다. 강물 위에는 백로의 그림자가 드리운다. 재두루미와 황새도 보인다. 강 뒤로는 초록색 산이 놓여 있다. 평화로운 풍경이다.

생각해 보니 일주일째 지방 도로 597번을 따라 걷는 중이다. 가도 가도 아름다운 597번 길! 환상적인 597번 길! 나의 각종 비밀 번호를 몽땅 0597로 바꾸고 싶을 만큼 마음에 쏙 드는 길이다.

적어도 6시까지는 걸을 생각이었는데 5시부터 장대비가 쏟아진다. 마침 도착한 마지 삼거리 휴게소 이층에 숙박할 데가 있어 좀 이르지만 오늘은 여기서 묵기로 했다.

저녁을 먹으면서 주인아저씨와 이런저런 얘기를 나누었다.

"여기 평창강에는 1급수에만 사는 고기들이 많이 살고 있어요. 아가씨, 영화 〈쉬리〉 보셨어요? 그 쉬리도 있어요. 여기선 '쉐리'라고 부르죠."

"어머, 그 물고기가 저 강물에 산다는 말이에요? 한번 봤으면 좋겠다."

"하하하, 서울 사람들은 그 물고기가 뭐 천연기념물이나 되는 줄 알지만 사실은 흔한 민물고기예요. 물만 깨끗하면 우리나라 어디에서든지 살죠."

쉬리는 자갈이 많이 깔린 맑고 차가운 강 상류에서 떼지어 사는데 그런 조건을 갖춘 곳이 바로 여기 평창강이란다.

"아가씨도 보긴 봤을 거예요. 한국 사람이 쉬리를 한 번도 못 봤다는 건 말도 안 돼요."

그렇겠지, 나 같은 자연맹이 눈앞에 갖다 놓는다고 도라지인지 산삼인지 알 수가 있나?

"그런데 이대로 가다가는 쉬리고 피라미고 다 없어질 거예요. 도시 사람들이 오면 어찌나 더럽혀 놓고 가는지……."

아저씨는 강한 불만을 털어놓는다. 관광객들이 많이 오면 장사가 잘돼서 좋지만 강으로 보면 참으로 딱한 일이란다.

"서울 사는 사람들, 다들 많이 배우고 잘살아서 깨끗할 줄 알았는데 어찌나 지저분하게 해 놓고 가는지 정말 너무해요."

여행객에게 물가에 버린 쓰레기를 가져가라고 하면 당신이 뭔데 이래라저래라 하느냐고 되레 큰소리여서 몹시 속상하단다. 자신에게 공권력 있는 직함이 있다면 벌금도 세게 물리고 혼구멍도 내주고 싶다고 한다. 그 물이 한 달 후에는 한강으로 흘러서 도로 자신들이 마실 물이 되는 줄을 모르는가 보다며 고개를 절레절레 흔든다. 그리고 하는 한마디.

"윗물이 맑아야 아랫물도 맑을 것 아니래요?"

아저씨 심정이 어떤지 잘 안다. 나도 몇 년 전 여름 한철을 일영에서 지내면서 비슷한 일을 여러 번 당했다. 내가 머물던 집 근처에는 개울이 있어서 사진을 찍으면 그럴듯하게 나오는 다리도 있고, 아담한 뒷산에는 수풀이 우거져 아이들과 하루 놀러 나오기 안성맞춤인 곳이었다. 도시 사람들이 한나절이라도 자연과 어울리며 숨통을 틔울 수 있는 곳이라 알음알이로 오는 사람들의 발길이 심심치 않았다.

노는 것까지는 좋은데 문제는 쓰레기였다. 찌개 등 먹다 남은 음식 쓰레기를 개울에 버리는 것은 물론 다른 쓰레기까지 놓고 가기 때문에 여름 내내 동네 사람들이 골치를 앓았다. 그 쓰레기를 치우는 것은 고스란히 동네 어른들 몫이었다. 개울이 지저분해지고 동네가 더러워지는 것을 못 보시는 분들이니까.

쓰레기 수거차가 오지 않는 곳이라서 비닐봉지든 뭐든 있는 대로 모아서 한꺼번에 불을 놓는데, 그 시커먼 연기와 비닐 타는 냄새가 하루 종일 동네에 가득했다. 맹독성 다이옥신은 또 얼마나 많이 나올까?

누구든 내 눈에 띄기만 해 봐라 하면서 벼르고 있는데, 어느 날 생일 케이크 상자를 포함해 산더미 같은 쓰레기를 물가에 두고 떠나려는 사십대 부부와 초등학생 아이들을 보았다.

"저, 아저씨, 이 쓰레기도 가지고 가셔야죠."

내가 웃으면서 말했다. 그런데 아저씨는 불쾌한 표정이 역력했다.

"쓰레기를 어떻게 가져가요?"

"어떻게는요, 차에 싣고 가셔야죠. 이 동네는 쓰레기차가 안 오거든요."

"아, 물기 있는 것을 어떻게 차에 실어? 다른 사람들도 다 놓고 가는데 우리한테만 왜 이래?"

옆자리에 탄 아줌마가 내가 말도 안 되는 소리를 한다는 듯 퉁명스레 말했다. 좋은 말로 하려던 나도 기분이 나빠졌다.

"누가 놓고 가요? 아무튼 이 쓰레기들, 여기에 두고 가시면 안 돼요."

그러자 아줌마가 한술 더 떴다.

"도대체 아줌마가 뭔데 이래라저래라 하는 거야?"

"아줌마가 안 가져가면 내가 치워야 하거든요. 아줌마라면 남의 쓰레기를 치우는 게 좋겠어요?"

나도 언성을 높였다. 그랬더니 옆에서 듣고 있던 남편이 화를 벌컥 내며 다짜고짜 눈을 부릅떴다.

"이런 싸가지 없는 여편네가 어디다 큰소리야?"

"뭐라고요? 쓰레기 버리는 사람이 싸가지 없는 거지, 쓰레기 버리지 말라는 사람이 싸가지 없는 거예요? 저 아이들한테 부끄러운 줄 아세요."

　나도 지지 않았다. 그때 마침 옆집 아저씨가 지나가고 있어서 은근히 응원을 기대했는데 그냥 보고만 있는 거다. 그사이에 그 '싸가지 많은' 부부는 아이들을 얼른 차에 태우고는, "무식한 여자하고 말이 통해야지." 하며 붕 떠나 버렸다. 기가 막히고 분해서 얼굴이 화끈 달아올랐다.

　"아저씨는 왜 그냥 보고만 있어요? 뭐라고 한마디 하셨어야죠."

　나는 동네 아저씨에게 공연히 화를 냈다.

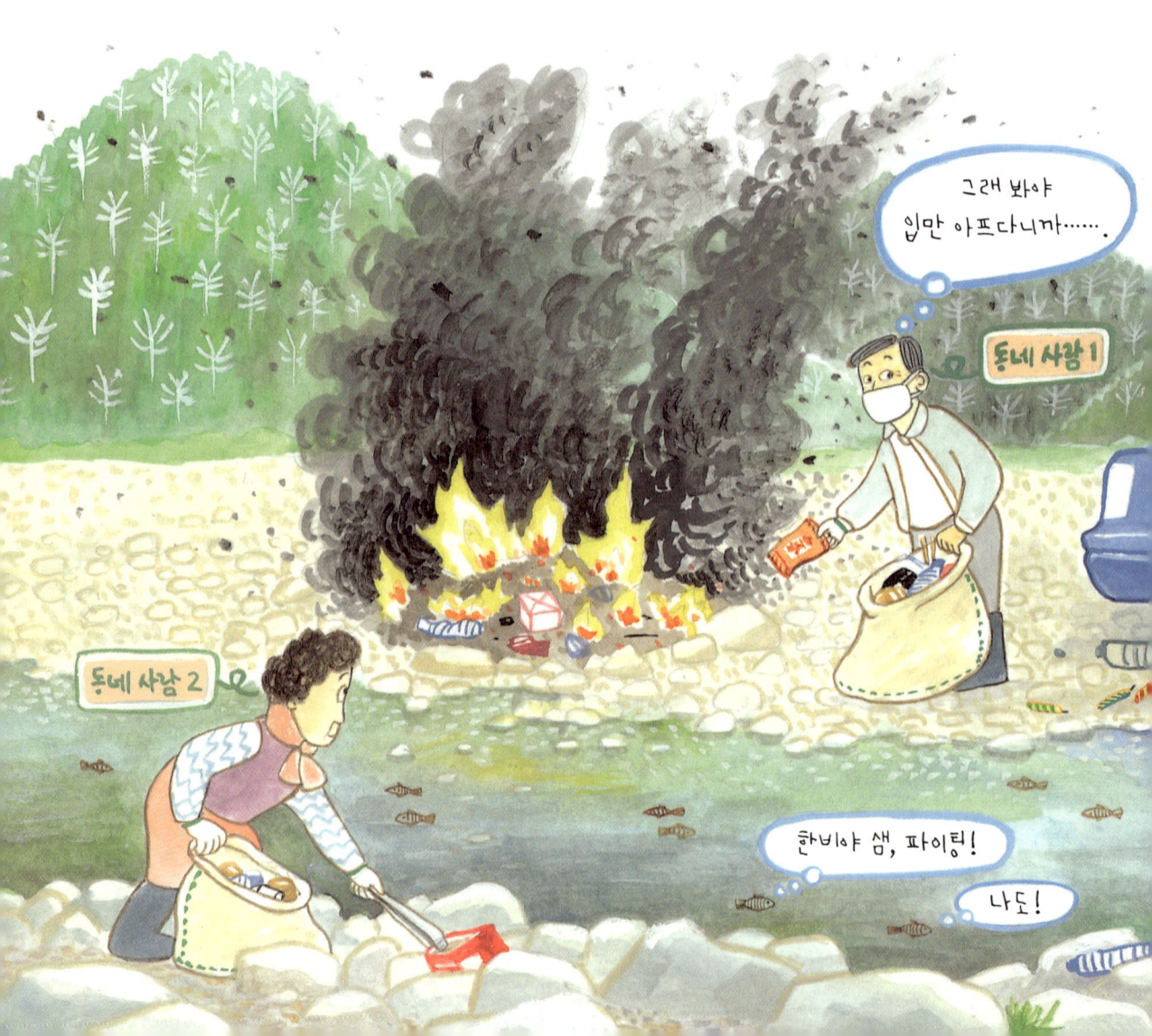

"아무리 말해도 소용없어. 우린들 해 볼 만큼 안 해 봤겠어? 입만 아프지."

아저씨가 겸연쩍게 웃으면서 '유식한' 식구들이 버리고 간 쓰레기를 주워 불 놓는 구덩이에 넣었다. 유감스럽게도 이런 일이 여름 내내 셀 수도 없이 많았고, 그 아저씨 말대로 내 입만 아프다는 걸 곧 알게 되었다. 만약 그때 그 사람들이 이 글을 읽는다면 어떤 생각을 할까? 자기들이 한 짓이 얼마나 부끄러운지 깨닫고 다시는 그러지 않을까?

바깥에는 비바람이 몰아친다. 속 시원하게 소나기나 쫙 뿌렸으면 좋겠다.

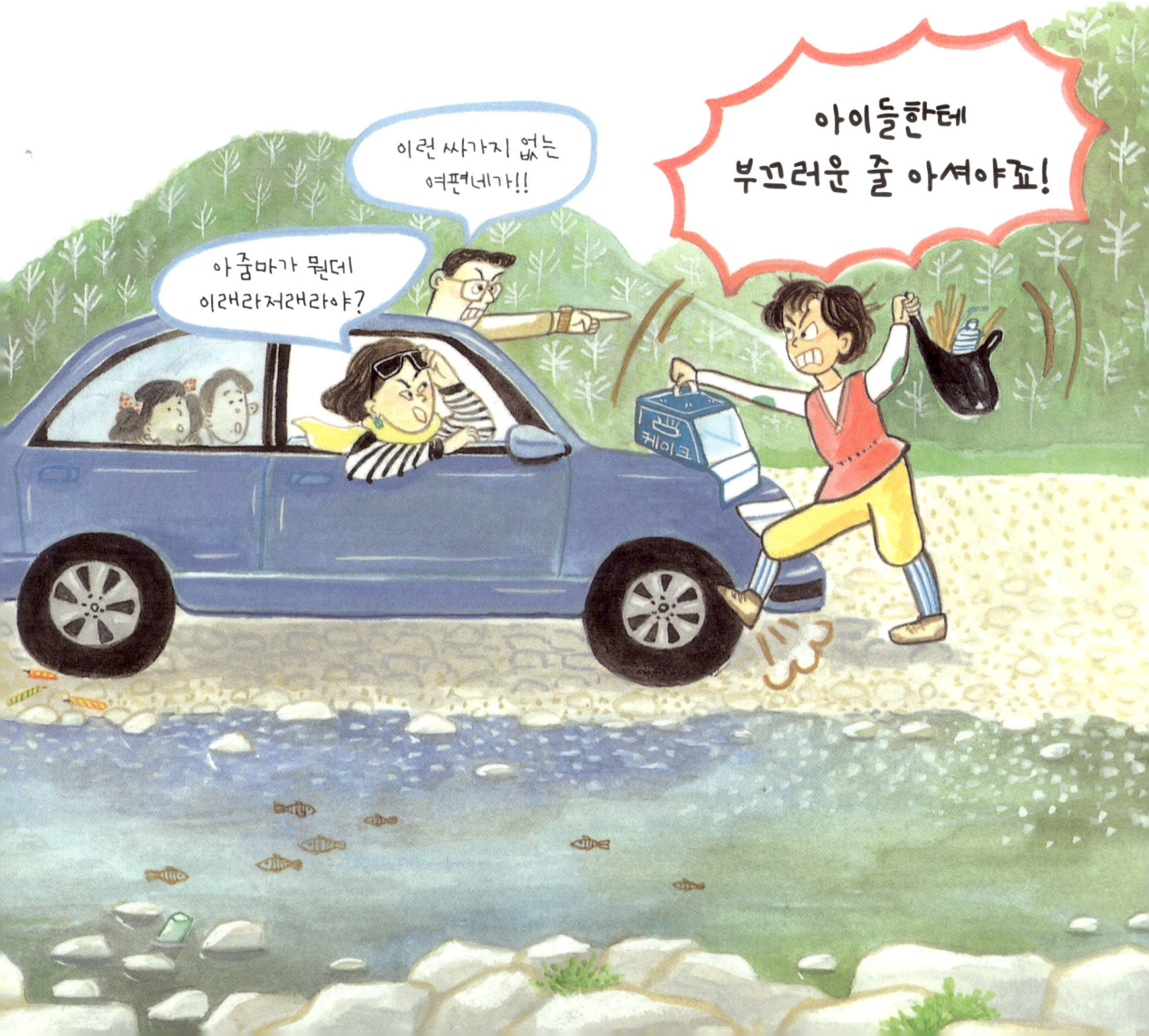

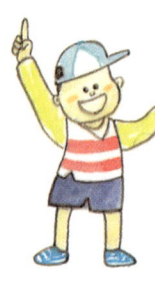

세상에서 가장 귀한 선물, 생명 나눔

2012년 2월 20일 오후, 서울 성동구 성수동의 한 구두 수선집에서 '기부 천사' 이창식 씨가 갑자기 세상을 떠났다. 그는 29년째 구두를 닦으며 하루 벌어 하루 먹고사는 형편이었지만, 자신이 번 돈과 폐지를 팔아 모은 돈을 아름다운재단을 비롯해서 싱크탱크희망제작소, 다일복지재단 등 여러 곳에 기부하였다.

그는 돈뿐만 아니라 자기가 가진 모든 것을 사회에 내놓았다. 겨울철엔 혼자 사는 노인을 위해 연탄 배달 봉사에 나서기도 하고, 다른 사람에게 구두닦이 기술을 가르쳐 주기도 했다. 세상을 떠난 뒤에도 자기가 가진 걸 모두 나누고자 사랑의장기기증운동본부에 사후 각막 기증과 뇌사 시 장기 기증 서약을 했다. 하지만 그의 약속은 지켜지지 못했다.(각종 장기는 뇌사 상태에서 기증할 수 있는데, 이창식 씨는 갑작스런 사고로 세상을 떠났기 때문이다.)

이렇게 자신이 가진 것을 아낌없이 나눠 주고 싶어 했던 그가 눈을 감으면서 가장 아쉬워했을 일은 무엇일까? 아마도 장기 기증이 아닐까? 장기 기증이란 건강한 삶을 살다가 이 세상을 떠날 때 나에게는 더 이상 쓸모가 없는 장기를 꼭 필요한 사람에게 아무런 대가 없이 주는 일이다. 또한 살아 있을 때에는 사랑하는 가족이 아프거나 장기 이식을 받으면 살 수 있는 환우에게 자신의 장기 중 일부를 나누어 주는 것이다. 즉 생명을 나누는 일인 셈이다.

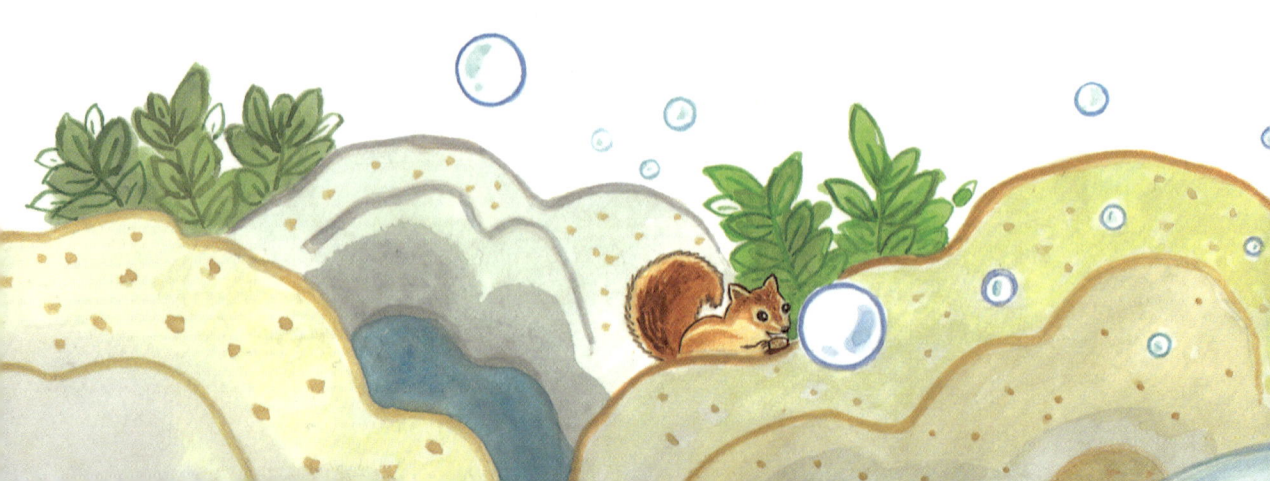

최근 들어, 물질이나 재능 기부 등 새로운 형태의 나눔 문화가 널리 퍼지고는 있지만 장기 기증 희망 등록은 그리 활발한 편이 아니다. 장기 기증은 무섭고 두렵다는 막연한 불안감 때문이다. 장기 기증 희망 등록은 어디까지나 자발적으로 참여하는 것이기 때문에 생각이 바뀌면 언제든지 변경하거나 취소할 수 있다.

등록 방법도 매우 간단하다. 국립장기이식관리센터 홈페이지(www.konos.go.kr)에 회원 가입을 한 뒤 '장기 기증 서약' 신청을 하면 된다. 얼마 전에는 스마트폰에서 쓸 수 있는 어플리케이션도 출시되었다.(이외에도 장기 기증 희망 등록을 할 수 있는 곳은 한마음한몸장기기증센터, 생명나눔실천본부, 사랑의장기기증운동본부, 생명을나누는사람들 등 아주 많다.)

단, 만 20세 미만의 미성년자는 등록 신청서를 작성할 때 부모님을 비롯해 법정 대리인의 서명과 법정 대리인임을 확인할 수 있는 증빙 서류(주민등록등본 또는 호적등본)를 첨부해야 한다. 어른이라 할지라도 실제로 장기를 기증할 때는 가족의 동의가 반드시 필요하기 때문에 가족에게 미리 알려 두는 것이 좋다.

막연하게 가지고 있던 부정적인 생각을 버리고, 꺼져 가는 생명을 살리는 일이 얼마나 중요하고 필요한 것인지 다 함께 생각해 보는 시간을 가져 보도록 하자.

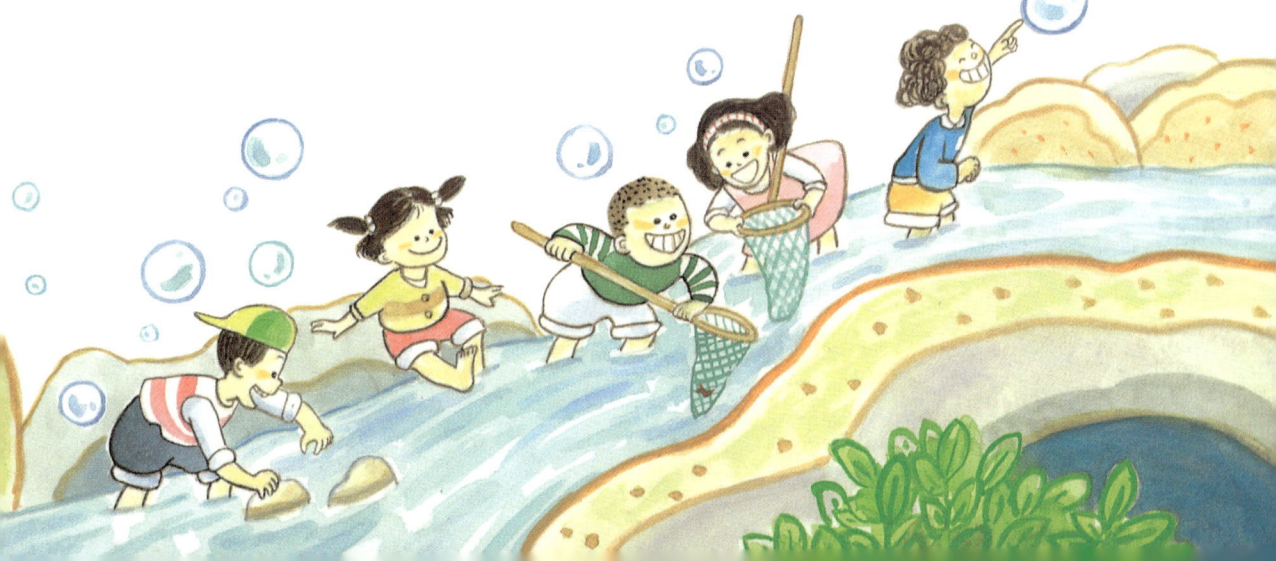

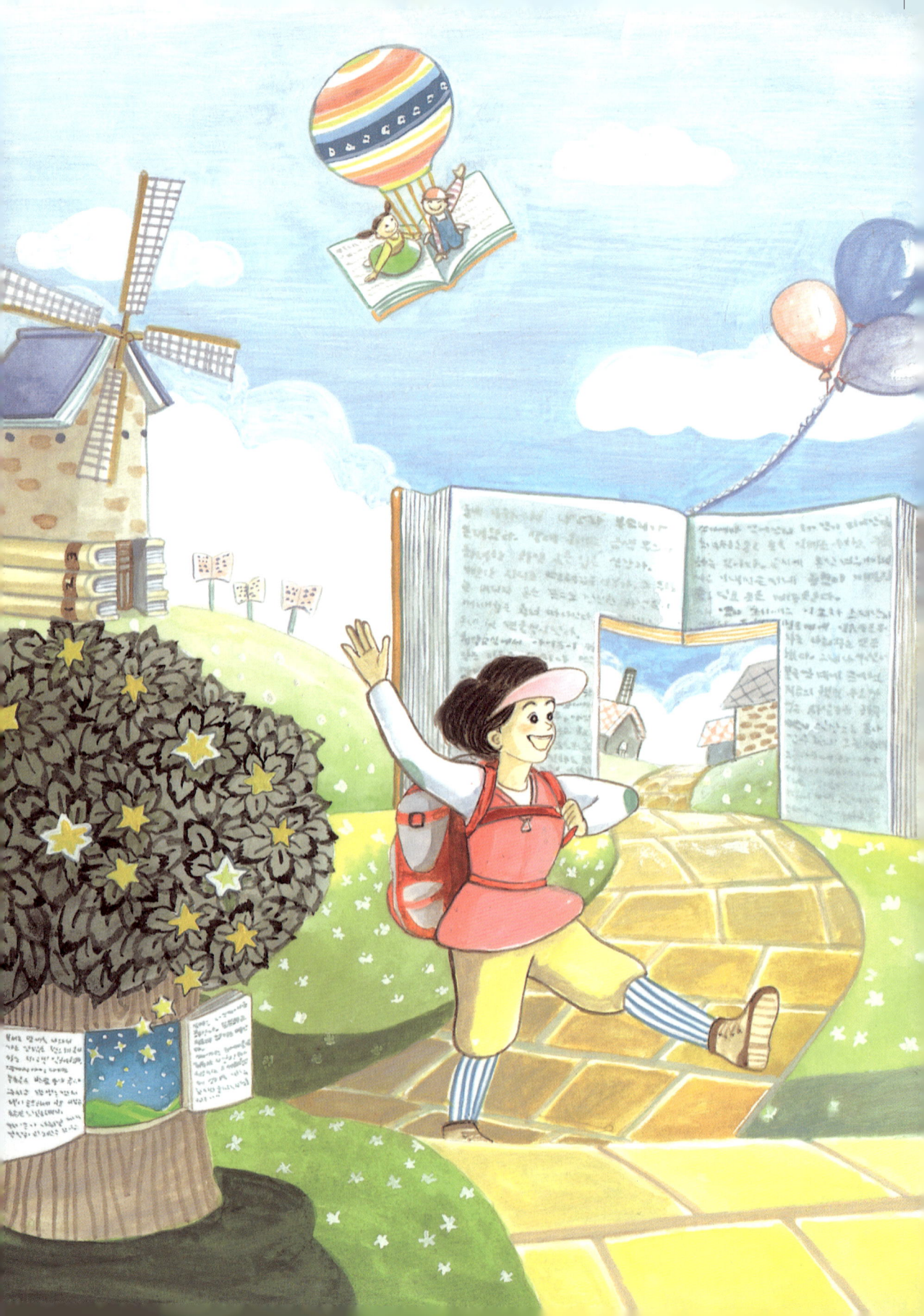

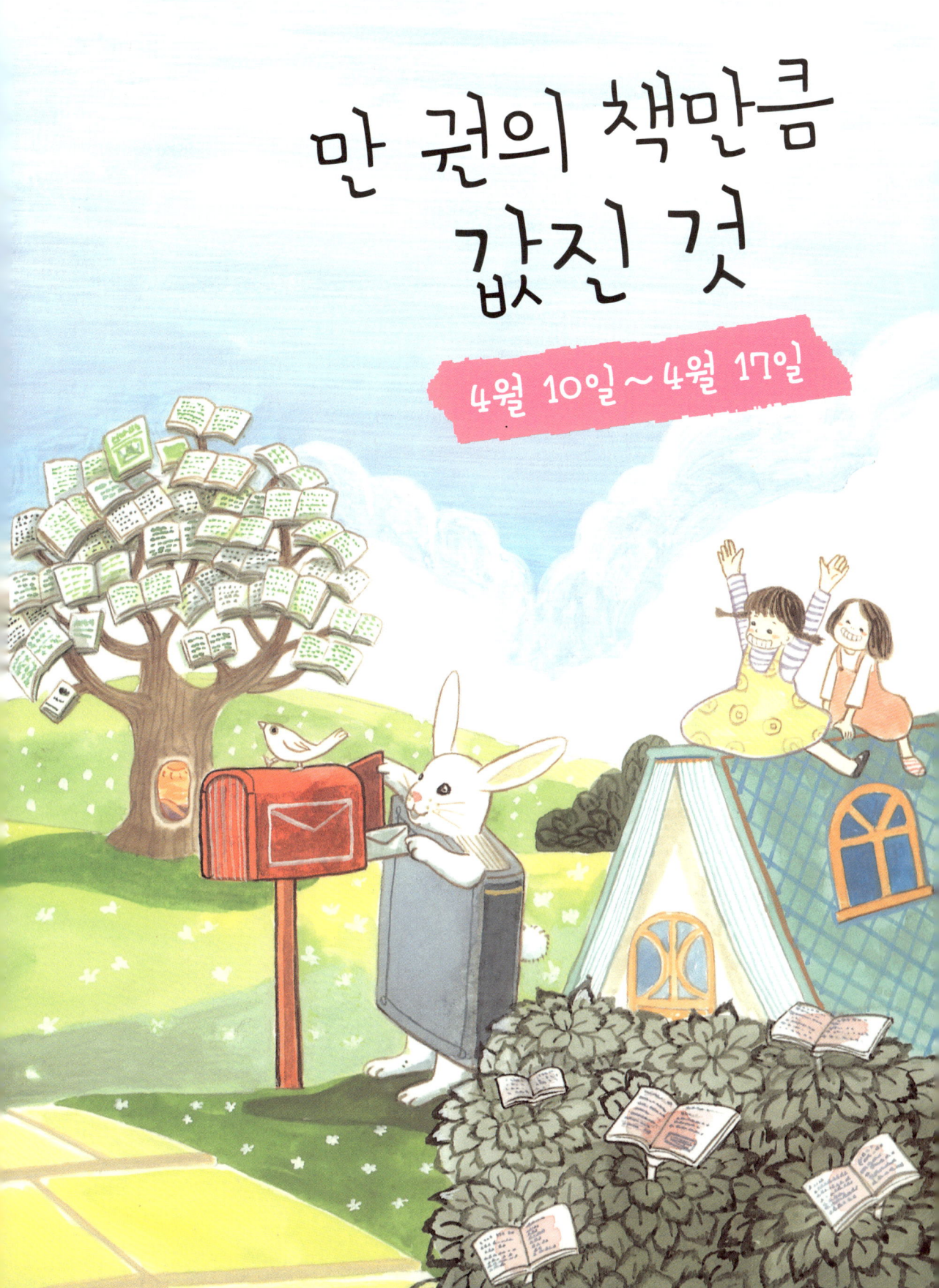

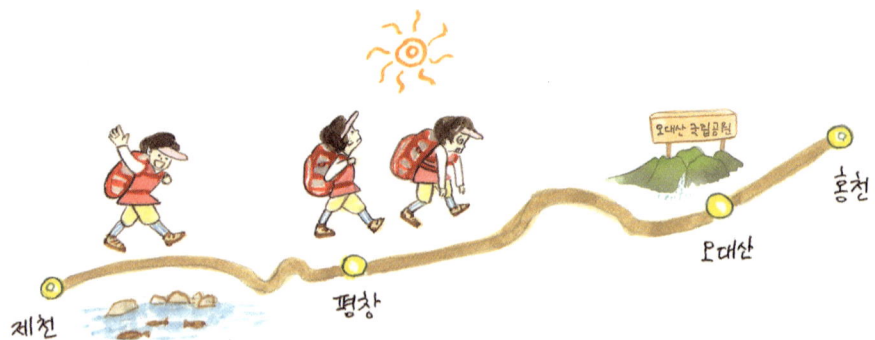

하루 종일 아름다운 평창강을 따라 걷다

바람이 불고 비가 오니까 두리번거리기가 어려워져서 오히려 걸음이 빨라진다. 어제 많이 걷지 못한 것을 보충하려고 아침부터 서둘렀다. 오늘은 아는 신부님이 계신 대화성당까지 갈 예정이다. 2시간쯤 걸으니 평창읍. 길거리에는 메밀로 만든 꼴두국수를 파는 식당이 많다.

오늘이 마침 10일, 장 서는 날이란다. 평창군의 특산물은 메밀, 고추, 마늘, 감자, 옥수수. 특히 곧 지나갈 방림면, 진부면, 대화면의 찰옥수수와 풋옥수수가 유명하다. 옥수수엿과 옥수수묵도 이름났다. 그 외에 고랭지 채소나 한약재도 알아주지만 역시 이곳의 먹을거리는 감자와 옥수수다.

그래서인지 국도 옆에는 감자 심는 사람들이 유난히 많았다. 어느 밭을 지나다가 아예 발길을 멈추고 쪼그리고 앉아 감자 심는 것을 유심히 봤다.

일하던 아줌마는 나를 힐끗 쳐다보더니 겸연쩍게 웃는다.

"왜 그렇게 쳐다본다야. 아, 감자 숨그는 것 처음 본대유?"

그러면서도 보란 듯이 손을 재빠르게 놀려 감자를 놓는다. 조그만 바구니에 수북이 담겨 있던 싹이 튼 감자 조각들이 순식간에 땅속으로 사라진다. 손 참 빠르다. 한 달 후면 흰색, 보라색 감자꽃이 피겠지. 예쁘겠다.

나는 감자를 심어 본 적은 없지만 통통하게 살찐 감자를 캐 본 적은 있다. 파키스탄의 훈자 마을에서 민박할 때였다. 그곳에서는 끼닛거리로 감자나 당근이 필요하면 시장에 가지 않고 호미를 가지고 밭으로 나갔다. 밭이랑에서 누렇게 빛이 바랜 줄기를 잡아당기면 흙이 잔뜩 묻은 알감자가 줄줄이 끌려 나왔다. 얼마나 신기하던지.

마침 그때가 감자 수확철이라서 하루 종일 감자 캐는 것을 거들었다. 식사 때마다 내가 캔 감자를 볶거나 쪄서 반찬을 만드는데 다디단 꿀밤 맛이었다. 그나저나 감자의 원산지는 남미의 안데스 산맥 중앙 고원 지역이라지? 옥수수는 중미인 멕시코가 원산지다.

중남미 인디오들이 옥수수 덕에 찬란한 마야, 잉카 문명을 일으킬 수 있었다는 얘기는 꽤 그럴듯하다. 무엇보다도 먹는 일에 문제가 없어야 문화든 신앙이든 가능할 테니까. 그래서일까, 과테말라의 오래된 도시 체체테낭고의 유명한 성당에 가 보니 성모 마리아상이 있는 제단 옆에 옥수수 모양의 머리를 한 신이 모셔져 있었다. 그렇지. 먹을 것을 가져다주는 신이니 얼마나 고맙고 귀할까?

중남미 어디를 가나 드넓은 옥수수밭이 눈에 띄고, 시장에는 옥수수 말린 것이 산처럼 쌓여 있었다. 집집마다 마른 옥수수 알갱이를 석회수에 담가 놓았다가 가루를 내어 반죽해서 얇은 전병을 만든다. 그 전병을 뜨겁게 달군 팬에 살짝 구운 것이 이들이 매일 먹는 또르띠야다.

살 만한 사람들은 고기며 다른 과일이나 채소도 먹지만 가난한 사람들은 끼니때 멀건 커피 한 잔에 또르띠야와 검은 콩을 으깬 후리홀레스가 전부다. 멕시코의 대표 음식 타코도 옥수수 전병을 기름에 튀겨 그 안에 다진 쇠고기와 양파, 토마토, 치즈가루 등을 넣어 먹는 것이다.

그러나 우리나라처럼 옥수수가 수많은 사람들을 굶주림에서 살아남게 한 나라가 또 있을까? 보릿고개. 그 넘기 어려운 고개를 우리나라 사람들은 이 옥수수와 함께 넘었다. 식량으로서만이 아니라 굶어 죽지 않기 위한 처절한 몸부림을 고스란히 담고 있는 것이 바로 이 옥수수다. 이 세상 어느 곳에서 채 여물지도 않은 옥수수를 먹으며 목숨을 이어 갔을까? 아마 우리나라밖에 없을 것이다.

평창의 길가 식당에서 파는 올챙이국수 또는 올갱이국수가 그것을 다시 한 번 말해 준다. 옥수수가 막 익기 시작하는 춘궁기에 채 익지도 않은 옥수수를 따서 맷돌에 갈아 앙금을 가라앉혀 옥수수풀을 쑨다. 그것을 구멍 뚫은 바가지에 넣어 누르면 올챙이 모양의 묵이 생긴다. 이것으로 만든 것이 올챙이국수다.

마야, 잉카 인의 옥수수는 포르투갈 사람들에 의해 인도, 동남아시아, 중국을 거쳐 15세기경 우리나라에 이르렀다. 인디오에게는 치욕적이었을 스페인의 침략이 우리에게는 굶주림에서 벗어나게 하는 중요한 농산물이 들어오는 계기가 되었으니 역사의 아이러니다.

춘궁기에 올챙이국수만 먹었겠는가. 이때가 되면 감자와 고구마는 이미 사치스런 먹을거리다. 다람쥐가 먹어야 할 도토리를 긁어와 묵을 쑤어 먹지 않나, 쑥을 뜯어다 쑥죽을 끓여 먹지 않나, 칡뿌리, 나무뿌리, 송충이가 먹어야 하는 솔잎이나 벌레들이 먹는 소나무 껍질, 심지어는 흙까지 먹으면서 생명을 이었다.

예전 춘궁기 때 이야기를 듣고 있자면 불쌍하다는 생각보다 끈질

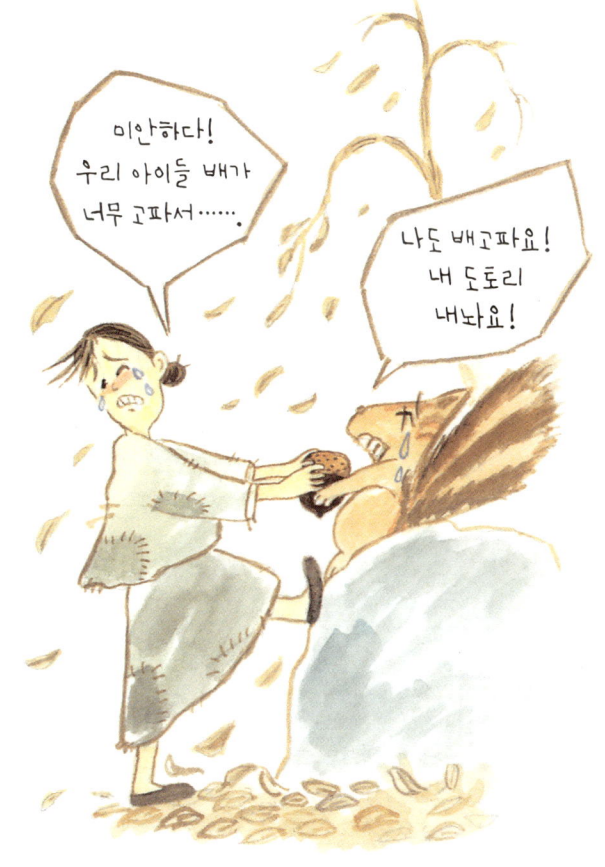

긴 생명력에 고개가 숙여진다. 내 조상 중의 어느 분이, 그 조상의 어느 조상이, 그렇게 몇 대를 올라가 또 어느 분이 지독한 굶주림 속에서 살아남아 나에게까지 생명이 이어진 것이다. 내가 가진, '1퍼센트의 가능성만 보여도 끝까지 포기할 수 없는 기질'은 나 하나만의 성향이라기보다 한국 사람이면 누구든지 핏속에 새겨진 유전적 요소가 아닐까?

아무리 생각해도 그런 것 같다. 우리의 유전자에 담겨 있는 이런 강인함은 평상시에는 잘 드러나지 않지만 극한 상황이 되면 거침없이 발휘된다.

특히 이런 성향은 외국에서 생활하는 한국 사람들에게 두드러지게 나타난다. 세계 여행을 하면서 이런 놀라운 한국인을 많이 만났다.

사할린에서 강제 이주를 당해 중앙아시아 허허벌판에 버려진 고려인들. 그들은 척박한 땅에서 목화, 감자 농사를 짓고 살아남았다. 만약 그들이 아니었다면 중앙아시아는 아직도 황무지일 것이다. 간도 지방도 마찬가지다. 절대로 농사를 지을 수 없다는 땅에서 가장 어렵다는 쌀농사를 지어 훌륭한 농경지로 만들었다. 선진국에서 인간의 힘으로는 절대로 불가능하다고 했던 다리 공사나 터널 공사를 해내는 이들도 바로 우리나라 사람들이다. 내가 그런 피를 가진 한국인이라는 사실이 새삼 뿌듯하다.

해가 저물 무렵, 대화성당에 도착했다. 비를 쫄딱 맞아 생쥐 꼴이 되었다. 아무리 여행 중이라지만 꼬락서니가 말이 아니다.

중학교 단짝 친구

이른 아침에 성당으로 반가운 사람들이 찾아왔다. 친구 순옥이네 식구들이다. 중학교 1학년, 초등학교 4학년인 딸들도 오고 순옥이의 언니인 경희 언니와 형부도 오셨다. 이름하여 '위문 공연'이다. 내가 좋아하는 '순옥표' 누룽지 튀김도 가져왔다.

도서관 사서인 최순옥은 중학교 2학년 때 같은 반이었다. 13번, 14번 짝꿍으로 만나 25년이 지났으니 제일 오래된 친구다. 남편과 아이들과 아옹다옹할 때도 있지만 알콩달콩 깨가 쏟아지게 사는 걸 보면 '아, 결혼을 할 만하구나.' 하는 생각이 든다. 한국에 있는 동안은 책을 쓰고 빌리느라 도서관에 뻔질나게 다니기 때문에 우리 식구들보다 얼굴 보는 날이 훨씬 많다.

순옥이 식구들과 적어도 한나절은 같이 걷겠다는 생각에 가슴이 부풀었는데, 늦으면 길이 막힌다고 2시간도 되지 않아 서둘러 가 버린다. 너만 길에 남겨두고 가서 가슴이 아프다면서. 치, 그런 말이나 하지 말지. 같이 걷지도 않을 거면서 먼 길을 왜 왔담. 툴툴거렸지만 친구 얼굴을 본 것만으로도 사실은 힘이 난다.

햇볕은 쨍쨍. 기온은 갑자기 20도 이상으로 올라간다. 아스팔트에는 벌써 아물아물 아지랑이가 피어오른다.

이그, 이 바보, 멍청이, 덜렁이

아차차차. 이런 실수가 있나? 걸으면서 떠오르는 감상을 그때그때 적으려고 주머니 속에 넣고 다니는 작은 수첩을 성당에 놓고 왔네. 어럽쇼, 일기장까지. 다른 걸로 대신할 수 있는 물건이라야 새것으로 사고 말지. 일기장과 수첩이니 꼼짝없이 다시 돌아가야 한다. 벌써 4킬로미터 넘게 걸어왔는데, 거기까지 다시 가야 하다니 기가 막히다. 서울에서라면 퀵 서비스를 이용하면 되는데.

그래도 얼마 되지 않아 생각이 났으니 그나마 다행이다. 예전에 인도에서는 정말 낭패였다. 여관에 묵으려면 여권을 맡겨야 하는데, 한번은 나오면서 여권 받아 오는 것을 깜박 잊었다. 그 사실을 안 것은 버스로 열다섯

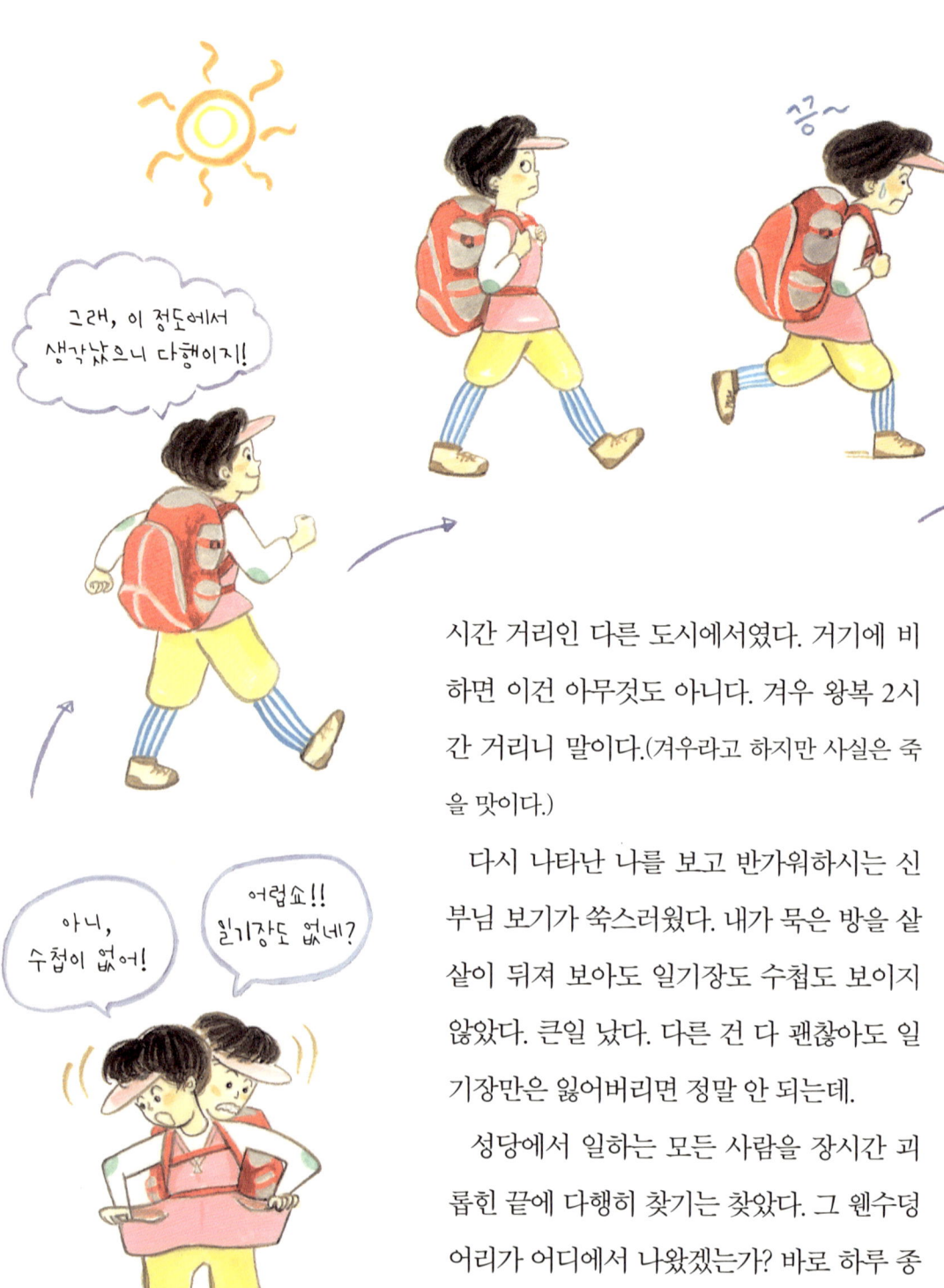

시간 거리인 다른 도시에서였다. 거기에 비하면 이건 아무것도 아니다. 겨우 왕복 2시간 거리니 말이다.(겨우라고 하지만 사실은 죽을 맛이다.)

다시 나타난 나를 보고 반가워하시는 신부님 보기가 쑥스러웠다. 내가 묵은 방을 샅샅이 뒤져 보아도 일기장도 수첩도 보이지 않았다. 큰일 났다. 다른 건 다 괜찮아도 일기장만은 잃어버리면 정말 안 되는데.

성당에서 일하는 모든 사람을 장시간 괴롭힌 끝에 다행히 찾기는 찾았다. 그 웬수덩어리가 어디에서 나왔겠는가? 바로 하루 종일 지고 다닌 내 배낭 안이었다. 아침에 친

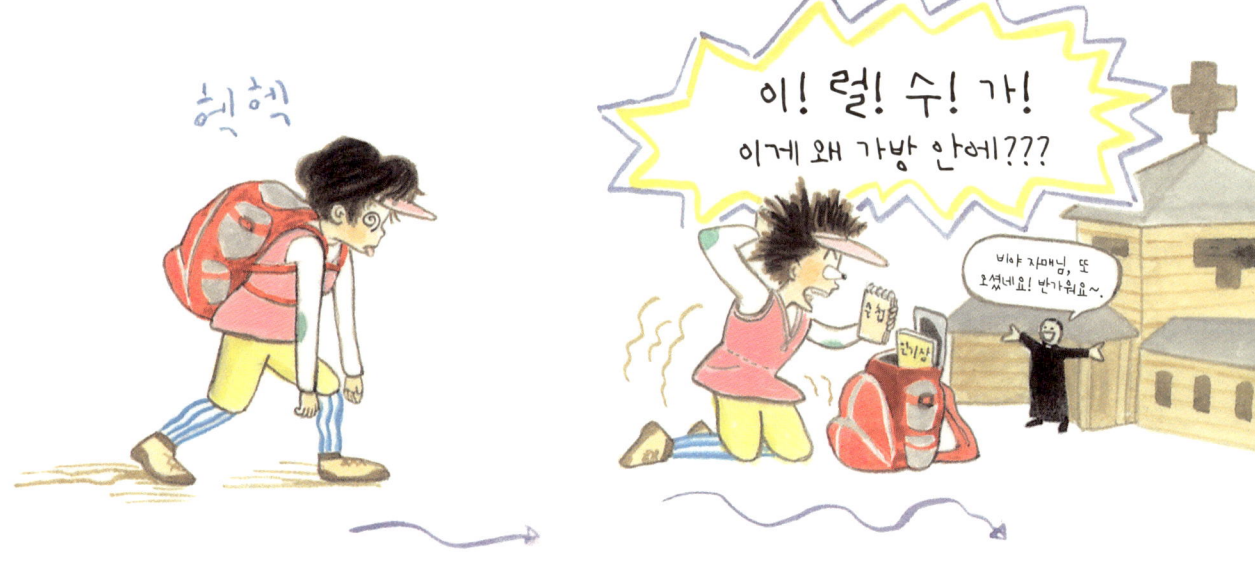

구 일행이 온다고 허둥지둥 짐을 싸다가 평소와는 달리 일기장을 배낭머리의 주머니에 넣어 둔 것을 까맣게 잊고 있었던 것이다.

이럴 수가! 나는 치미는 화를 도저히 참을 수 없어 머리를 쥐어박으며 마구 욕을 한다.

"이그, 이 바보, 멍청이, 덜렁이."

머리가 나쁘면 이렇게 손발이 고생을 한다.

몸 따로 마음 따로

이미 걸었던 길을 다시 가려니까 갑자기 머리가 텅 비어 버린 느낌이 들면서 피곤이 몰려온다. 하루 정도 죽은 듯이 쉬었으면 좋겠다. 며칠 전부터 잘 때 나도 모르게 '아이고, 아이고.' 고양이 앓는 소리를 낸다.

종아리가 당겨서 화장실에도 기어서 간다. 발에 물집도 안 생기고 입술도 부르트지 않았지만 힘들기는 한 모양이다. 왜 아니겠는가, 벌써 한 달 하고도 5일을 걸어왔으니. 어디서 늘어지게 낮잠이나 자고 갔으면 소원이 없겠다.(소원 한번 참 소박하구나.)

영동 고속도로와 사이좋게 나란히 걷는다. 늦은 오후가 되니 언제 해가 쨍쨍 내리쬐었던가 싶게 하늘이 컴컴해지면서 비바람이 몰아친다. 정말 봄 날씨 변덕은 죽 끓는 듯하다. 바람 때문에 우산이 자꾸만 뒤집혀서 배낭이며 신발이며 옷이 다 젖었다.

내일 저녁 동생네 식구들과 오대산에서 만나기로 한 약속만 아니면 당장이라도 이 근처 따뜻한 여관방에서 허리가 아프도록 잤으면 좋겠다. 하지만 아이들과는 국도변보다 오대산 월정사 길을 함께 걷고 싶은 마음이다.

작동 중인 로봇처럼 기계적으로 발이 옮겨진다. 머릿속이 텅 비어 아무 생각도 없다. 눈에 보이는 경치도 낯설다. 한 줄로 이어진 길이 길게도, 짧게도 느껴지지 않는다. 그야말로 몸 따로 마음 따로다. 강가에 백로들이 보인다. 백로 한 마리가 모습이 좀 이상해서 자세히 보니 바람에 너풀대는 하얀 비닐이었다. 힘드니까 헛것이 다 보인다.

밤 10시부터 잠자리에 들었지만 새벽까지 선잠을 잤다. 여관 1층이 노래방인지, 혹은 성인 클럽인지 밤새도록 쿵쿵거리는 악기 소리며 돼지 멱 따는 노랫소리 때문에 도저히 잠을 이룰 수가 없었다. 귀마개라도 있었으면……. 휴지로는 아무리 틀어막아도 소용이 없다.

밤새도록 잠을 설치니 피곤이 더 쌓인다. 몸을 뒤척일 때마다 내 귀에도 끙끙 앓는 소리가 들린다. 날씨는 덥다 덥다 하면 더 더운 것처럼 느껴지는데, 아플 때는 끙끙 신음 소리를 내면 좀 덜 아픈 것 같다. 여기 방도 달군 부지깽이다. 놀랍게도(?) 밥맛이 없다.

만 권의 책만큼 값진 것

동생네 식구들이 온다는 날인데 아침부터 휴대폰이 터지지 않는다. 휴대폰이 안 되는 지역이 생각보다 많다. 우리나라가 산악 국가라는 것이 확실하다. 그나저나 애네들이 몇 시쯤에 도착하려나?

오늘은 진부를 거쳐 월정사 입구까지 간다. 가야만 한다. 가야 할 것 같다. 가야 할 텐데……. 가야 하나……. 아침부터 걷기가 싫어서 다리를 질질 끌면서 걷는다. 이게 다 어젯밤에 잠을 푹 자지 못한 탓이라며 툴툴거린다.

저녁에 드디어 남동생과 올케, 지영이, 재혁이에 차돌이까지 왔다. (차돌이는 지난 11월에 입양한 우리 새 식구, 몸무게 1.5킬로그램짜리 요크셔테리어 강아지다.) 정말 기분 째진다. 초등학교에 다니는 지영이와 재혁이는 '현장학습'이라고 학교에서 이틀간의 결석을 허락받았단다.

우리나라도 참 좋아졌다. 해외 여행을 다니면서 한 가족이 몇 달씩 여행하는 것을 심심치 않게 보게 되는데, 유럽 등 선진국보다는 다니기가 쉽지 않고 물가가 싼 나라에서 더 많이 만난다. 처음에는 깜짝 놀랐다. 부모가 얼마나 힘들까, 아이들은 매일 바뀌는 환경에 어떻게 적응할까, 특히 학교는 어떻게 하나 하고. 저녁마다 엄마 아빠와 공부를 하지만 그것으로 학교

수업을 대신할 수 있을까, 하는 생각이 들었다.

  인도를 여행할 때 뉴질랜드에서 온 가족을 만났다. 삼십대 후반의 엄마 아빠와 열 살짜리 남자아이 앤디, 여덟 살짜리 여자아이 제시카, 이렇게 네 명이 1년간 아시아를 여행하고 있었다.

  나와 만났을 때는 벌써 8개월 동안 타이, 베트남, 중국, 티베트, 네팔을 거친 뒤였다. 인도를 돌고 파키스탄, 이란을 거쳐 터키에서 여행을 끝낼 예정이라고 하였다. 이들도 나같이, 될 수 있는 대로 그곳에 사는 사람처럼 먹고 자고 이동하는, 경비가 적게 드는 여행을 하고 있었다.

  그들과 다니면서 내가 우선 놀란 것은 앤디와 제시카의 독립심이었다.

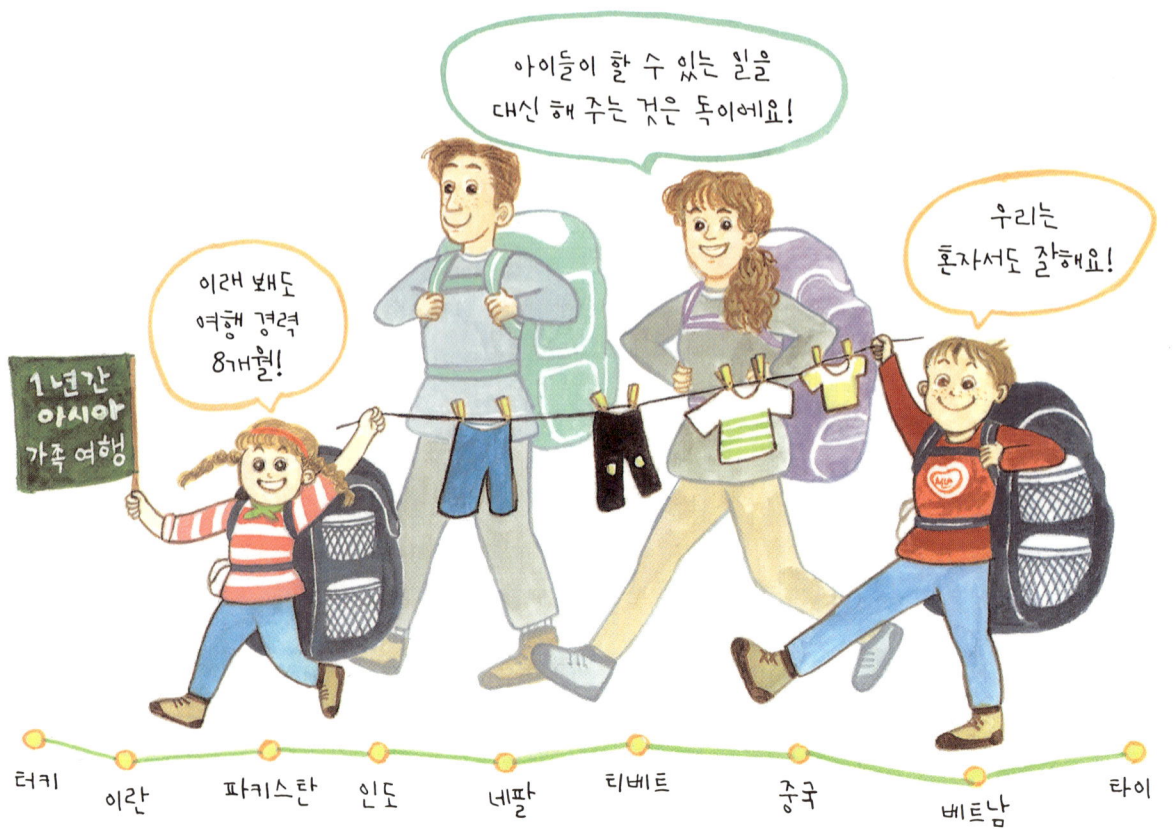

그 아이들은 자기 짐을 스스로 지고 다녔다. 좀 버겁다 싶은 배낭인데도 부모는 절대 거들어 주지 않았다. 숙소를 정리한다든지, 빨래를 널고 개는 일도 모두 알아서 했다.

"아이들이 할 수 있는 일을 대신하는 것은 독이다."
라는 것이 엄마 엘리자베스의 주장이다.

아이들은 붙임성도 좋았다. 허름한 식당의 주인아저씨, 손수레에서 파인애플을 깎아 파는 아줌마, 길 가는 학생, 열차 안에서 만나는 할아버지 등 만나는 사람마다 단박에 친해진다.

나 같은 외국인 배낭 여행자들과도 밥 한 끼 먹는 사이에 친구가 되고, 다니면서 보고 들은 것이 많아서인지 이야깃거리도 풍부하다. 뭐든 궁금해하고, 잘 모르는 것은 알 때까지 인상까지 써 가면서 꼬치꼬치 캐묻는다. 외국어도 어찌나 빨리 배우는지 프랑스 어, 일본어에 이스라엘 여행자의 히브리 어까지 욕심을 낸다.

나를 다시 놀라게 한 것은 그들의 인내심이다. 한번은 콩나물시루 같은 열차를 타고 서서 가게 되었다. 어른인 나도 숨을 쉴 수 없을 만큼 힘든데, 아이들은 짜증을 내기는커녕 자가용을 타고 있는 듯 편안한 얼굴을 하고 있었다. 하도 기특해서 "힘들지?" 하니까 "아니요, 중국에서는 이렇게 서서 열다섯 시간을 간 적도 있는데요." 한다.

여느 때는 끼니 대신 콜라가 있어야 하고, 시간만 나면 휴대용 게임기를 꺼내고, 둘이서 하루에도 수십 번씩 티격태격 싸우고, 공부하는 시간만 되면 도망 다니고, 곰 인형을 배낭에 넣고 다니는 영락없는 꼬마들이지만,

‘선택한 방랑 생활’을 통하여 세상을 살아가면서 꼭 필요한 것들을 배우고 있었다.

누구나 오랫동안의 세계 여행을 할 수 있는 것도 아니고 할 필요도 없다. 세계든 제 나라든 여행에서 얻을 수 있는 것은 본질적으로 같다는 것이 내 생각이다. 많이 부딪히고 보고 느끼고 수많은 사람들을 만나면서 스스로 깨닫는 ‘학습’ 시간이라는 점에서 여행은 중요하다.

중국에는 “만 권의 책보다 만 리를 여행하는 것이 낫다.”라는 말이 있다. 만 권의 책을 읽는 것만큼이나 여행이 중요하다는 뜻이다. 여행은 아무리 생각하여도 의미 있는 공부이다.

하느님, 너무하세요

걱정했던 일이 벌어졌다. 비바람이 몰아치는 것이다. 며칠 동안 날씨가 궂었어도 찍소리 안 하고 “제발 동생네 오는 날만은 좋은 날씨 주십시오.”라고 화살기도(생각이 날 때마다 형식 없이 짧게 하는 기도)를 했건만.

간밤에 천둥 번개가 치면서 장대비가 와서 밤새도록 저렇게 퍼붓는다면 내일 아침에는 하늘의 물이 동이 날 거라고 올케와 서로 위로를 했다. 엎친 데 덮친 격으로 바람까지 몹시 차다.

아침밥을 든든히 먹고, 우선 옷을 있는 대로 껴입었다. 그 위에 비옷을 입고 목도리에 장갑으로 완전 무장을 했다. 아이들은 옷을 하도 많이 입어서 눈사람 같았다. 각자 작은 배낭을 멘 뒤 우산을 하나씩 들었다. 차돌이는 올케 가방 안에 넣고 비옷으로 가린 다음 출발.

오늘의 목적지는 10킬로미터 지점인 월정사다. 원래는 18킬로미터의 상원사였는데 이런 날씨로는 아무래도 무리다. 길 떠난 지 5분도 안 돼서 손이 시릴 정도로 춥다. 잠깐 동안이지만 우박도 떨어졌다. 바람 때문에 우산이 자꾸 뒤집혀 쏟아지는 비를 전혀 막아 주지 못했다. 꼬마들이 얼마만큼 견뎌 줄까 걱정인데, 제 엄마 아빠는 아무런 근심도 없는 표정이다.

오대산호텔을 돌아 월정초등학교를 지나서 울창한 숲으로 들어갔다. 가끔씩 비를 피할 수 있는 버스 정류장에서 차돌이가 안녕하신가 확인해야 했지만 아이들은 낄낄거리며 잘도 걸었다. 참 신기하다. 저 개구쟁이, 어리광쟁이 녀석들이 이렇게 찬 비바람을 뚫고 씩씩하게 걷고 있다니. 그것도 밝게 웃는 얼굴로.

월정사 계곡에 접어드니 깊은 숲에 들어온 기분이다. 초등학교 1학년 재혁이가 소리지른다.

"와, 꼭 쥐라기 공원 같다."

영화에서 본 것처럼 나무들이 빽빽해서일 것이다. 어슴푸레 물안개까지 끼어서 더욱 그렇다.

"자, 숨을 크게 들이마셔 봐. 숲에서 나오는 좋은 향기가 몸속으로 들어와 몸을 튼튼하게 한단다."

3학년 지영이가 내 흉내를 내면서 숨을 쉬더니 눈까지 지그시 감고, "아이, 달콤해." 한다. 이 녀석은 상당히 시적이다.

계곡의 옥같이 파란 물에 떠 있는 야생 원앙새도 한 쌍 보았다. 이 동네 사람들이 아주 좋아하는 새다. 부부가 한날한시에 그 새를 보면 금슬 좋게 백년해로한다는데, 동생 부부가 동시에 발견한 것이다. 좋겠다.

앗, 오대산 입산 금지!

아니, 이게 웬 날벼락이란 말이냐?

오전에 아이들과 민둥산에 올라갔다 내려왔다. 마침 장이 서는 날이라기에 장 구경을 갔다가 순대랑 도넛이랑 맛나게 잘 먹었다. 오후 늦게야 동생네는 서울로 가고, 나는 오대산 월정사 입구의 전원 카페 '오대산 가는 길'로 향했다. 내일 산에 오를 생각으로 가슴이 잔뜩 부풀어 있는데, 안주인 양숙 씨가 지나가는 말처럼 한마디 툭 던진다. '오대산 입산 금지 기간'이라나!

놀라서 다그치듯 물어보니, 5월 15일까지는 상원사에서 명개리로 넘어가는 뒷길로 갈 수 없다며 마치 자기 잘못인 듯 미안해한다. 단숨에 월정사 입구 관리소까지 가서 알아보았지만 절대로 갈 수 없다는 말만 반복한다.

어떻게 하나? 전혀 예상치 못한 일이다. 다시 진부로 나가 홍천 쪽으로 돌아가는 방법이 있긴 하지만 왔던 길을 돌아가는 것은 정말 내키지 않는다. 게다가 이번 여행 중에 꼭 넘어 보고 싶은 산 가운데 하나가 바로 오대산이다. 어쨌든 상원사까지는 갈 수 있다고 하니 일단 거기로 가서 방법을 찾아보는 수밖에 없겠다.

저녁 비가 오려는지 날이 꾸물꾸물해지며 사방이 순식간에 어둑어둑해진다. 괜히 마음까지 착잡해져 터벅터벅 걸어 내려갔다.

남한에서 제일 높은 산을 순서대로 말하면 한라산(1,950미터), 지리산(1,915미터), 설악산(1,708미터), 그리고 네 번째가 지금 넘고 있는 오대산(1,563미터)이다. 오대산은 금강산, 설악산으로 이어지는 태백산맥 안의 산인데, 두 산과는 분위기가 사뭇 다르다. 금강산, 설악산이 기암괴석들로 화려하다면 오대산은 듬직하고 묵직하다. 넓게 펼쳐진 능선이 부드럽고 은근한 멋이 있어 지리산과 함께 '산에 안긴다'는 느낌을 준다.

오대산은 하늘에서 보면 다섯 봉우리가 연꽃이 활짝 핀 것 같다고 한다. 그래서일까, 골짜기마다 불교 신앙이 스며 있다. 방금 지나온 월정사, 그리고 오늘 밤에 묵을 적멸보궁 아래 사자암을 비롯해, 관음암, 지장암, 미륵암 등 사찰이 즐비하다. 이 산은 지혜의 문수보살 산이라고 한다. 오대산과 문수보살에 얽힌 유명한 이야기가 있다. 사실 나도 오늘 들은 얘기다.

조선 7대 왕 세조가 몹쓸 피부병에 걸렸다. 불심이 깊었던 세조는 이곳 오대산 월정사를 찾아 병을 낫게 해 주십사 기도하고는 상원사로 가는 도중 계곡에서 쉬게 되었다. 맑은 물을 보고 그는 주위를 물리친 후 혼자 몸을 씻었다. 마침 그때 숲속에서 놀고 있던 동자승을 보고는 그 아이에게 등을 씻어 달라고 부탁했다. 목욕을 마친 세조는 동자승에게 당부를 한다.

"어디 가서 임금의 몸이 종기투성이라는 말을 하지 말아라."

그랬더니 그 동자승이 빙긋 웃으며 하는 말.

"임금님도 어디 가서 문수보살을 직접 보았다는 말을 하지 마십시오."

다음 순간 동자승은 온데간데없이 사라지고 세조 몸의 종기는 씻은 듯

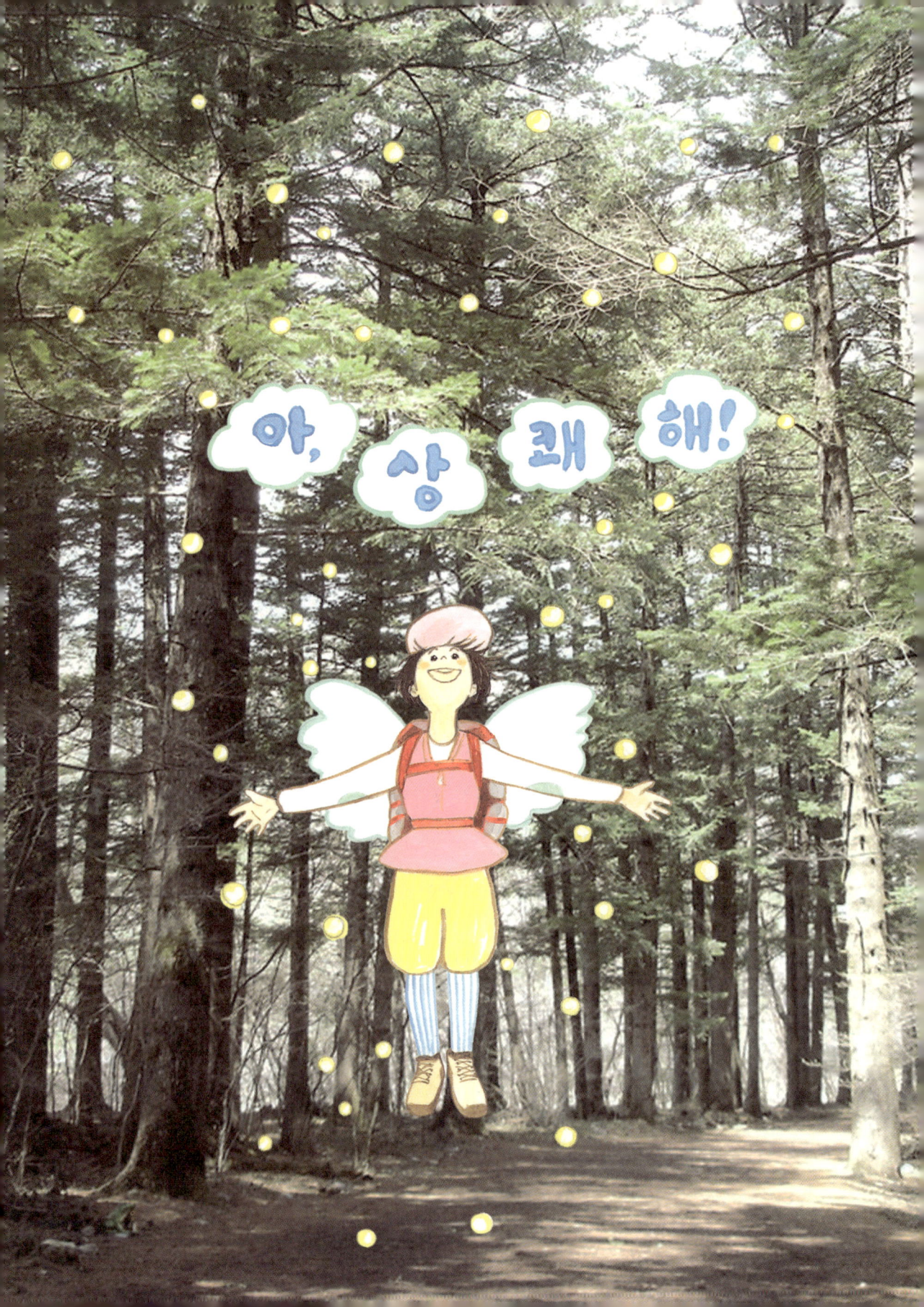

나왔다는데 상원사에 모셔져 있는 목각 문수 동자상이 바로 그 주인공이다.

오대산은 전나무 천지다. 국도변에서 소나무 숲만 보다가 쭉쭉 뻗은 전나무를 보니 신선하다. 월정사와 상원사로 올라가는 좁은 길도 미루나무처럼 날씬한 전나무 숲이다. 뿌연 아침 안개를 뚫고 나무 사이로 비치는 싱싱한 아침 햇살이 설렐 정도로 상쾌하다.

자식이 머기에……

적멸보궁. 상원사에서 한 30분 정도 꼬불꼬불 오솔길을 따라 올라가면 오대산 최고의 성지가 나온다. 寂滅寶宮! '적멸'은 그지없이 안정되고 고요한 상태를 가리키는 말로 열반의 경지를 이르는데, '적멸보궁'이란 말은 불상은 없고 불단만 있는 곳을 의미한다.

부처님의 머리뼈 사리가 모셔져 있는 이곳은 우리나라 4대 적멸보궁 가운데 으뜸으로 치는데, 신앙심이 깊은 불자들은 월정사나 상원사보다 이곳을 더 많이 찾는다. 나는 공사 중인 상원사 대신 하루 묵을 곳을 찾다가 여기까지 오게 됐다.

'적멸'보궁이라더니 그곳을 찾는 사람들이 묵는 사자암 숙소는 조용한 것과는 거리가 멀다. 보통 절보다 사람도 많고 훨씬 시끌벅적하다. 가는 날이 장날이라고 다음 날이 음력 초하루라서 그렇단다.

불자들은 여기서 하루 자고 내일 새벽에 적멸보궁에서 초하루 기도를 올리려고 온 것이다. 가까이는 진부나 홍천에서, 멀리는 서울이나 부산에서 온 신도도 여럿이다.

나도 약간의 시주를 하고 여자들이 묵는 방으로 들어갔다. 5평(약 16.5제곱미터) 정도 되는 방에는 이불이 여기저기 펴져 있고, 먼저 온 한 무리의 보살님들이 한창 이야기꽃을 피우고 있었다.

수십 년째 매달 초하루면 어김없이 온다는 오십대 후반의 보살님들은 서로 별명인지 애칭인지 김치 보살, 꺽다리 보살, 보조개 보살 등으로 부른다. 화장기 없는 얼굴에 회색 절바지와 단색 스웨터를 입은 보살들이 괜히 살갑게 느껴진다. 방구석에 널려 있는 빨래의 주인인 할머니 보살은 지금 백일기도 중이란다.

"무엇 때문에 기도를 하세요?"

"다 자식들 잘되라꼬 하는 기지, 뭐가 있겠노? 내사 이날 이때까지 내를 위해선 부처님 전에 단 한 번도 절을 올린 적이 없는기라."

"할머니 성불하게 해 달라는 기도는 안 하세요?"

"혼자 성불하면 뭐 하노? 난 다 살았데이. 우쨌거나 자식들이 잘돼야 안 되겠나?"

자식, 자식, 자식. 그 자식이 뭐기에. 자식들의 무병 장수, 자식들의 대학 입학, 자식들의 취직과 입신양명. 우리의 어머니, 할머니들의 기도의 주제는 온통 자식이다.

불을 끄고 누웠는데 도저히 잠을 이룰 수가 없다. 10명이 자도 넉넉하지 않을 방에 30명 이상이 자느라 한 치의 여유도 없다. 모두 통조림 안에 촘촘하게 놓여 있는 꽁치가 된 기분이다. 엎친 데 덮친 격으로 방바닥은 데일 정도로 뜨거워 숨쉬기가 답답하고 땀이 비질비질 난다.

결정적으로 잠을 설친 이유는 보살님들의 수다 때문이다. 여기가 그지 없이 고요해야 할 '적멸'보궁이긴 하지만 모처럼 일상에서 벗어난 아줌마들이 모였으니 하고 싶은 얘기가 얼마나 많을까? 소근소근, 쑥덕쑥덕, 속삭속삭, 숨 죽여 쉬쉬하는 얘기 소리가 더 잘 들린다. 그러다가 나오는 웃음을 참지 못하고 터뜨리니 '백일기도 보살'이 짜증을 낸다.

"아이고, 보살님들! 잠 좀 주무이소, 야?"

이런 일이 흔한지 벽에는 협박조의 문구가 씌어 있다.

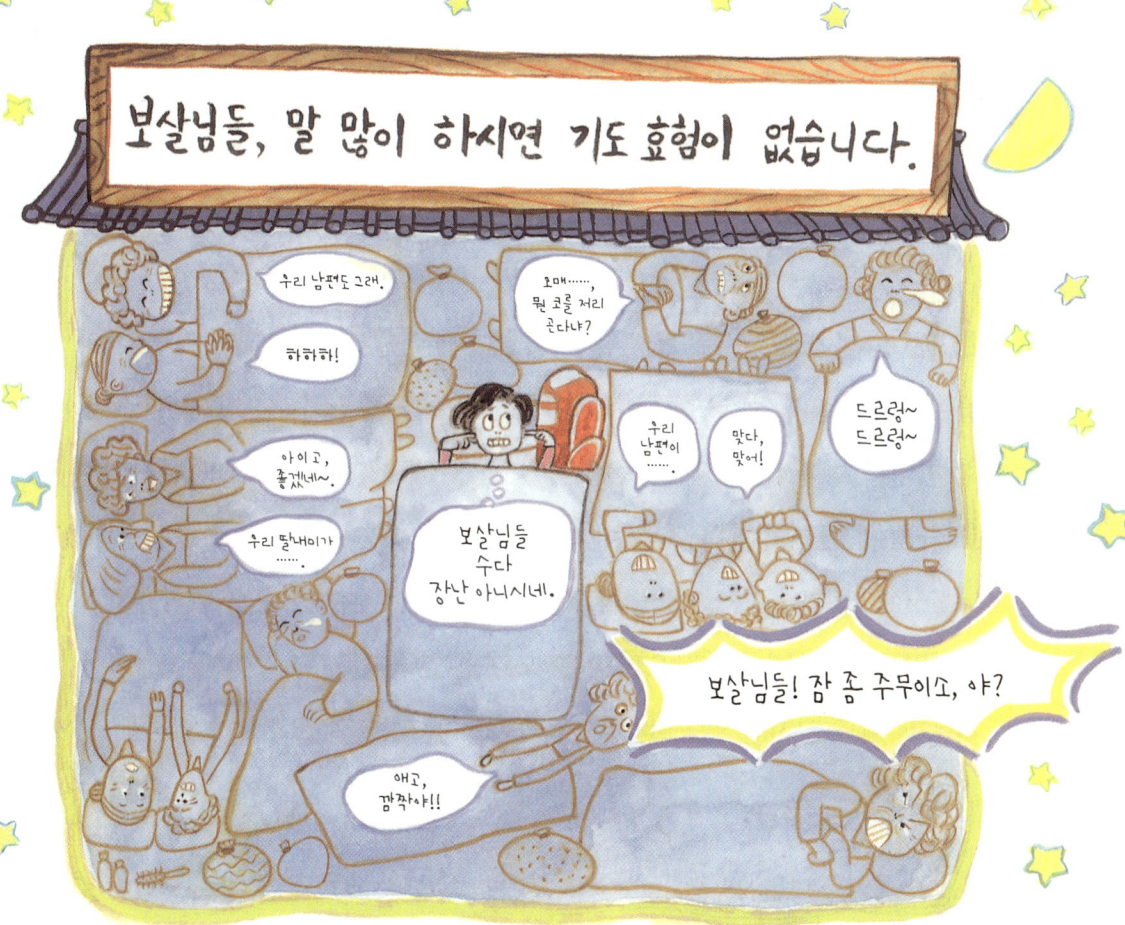

'보살님들, 말 많이 하시면 기도 효험이 없습니다.'

졸지에 배낭 보살이 되다

밤 12시 30분부터 사람들이 깨서 부스럭댄다. 옷을 단단히 입고, 손전등 하나씩을 들고 새벽 2시 불공을 드리러 적멸보궁에 오를 준비를 하는 것이다. 3시에 하늘이 열릴 때 하는 기도가 가장 효험이 있다고 옆에서 자던 장충동 보살이 내 손을 잡아끈다.

내가 안 가겠다니까 서둘러 올라가지 않으면 바깥에서 절을 해야 한다며, 그래서 사람들이 저러는 거라고 빨리 가잔다. 하기야 더 누워 있어 봤자 잠도 못 잘 것 같아 못 이기는 체 따라 올라갔다.

환갑은 훨씬 넘어 보이는데 어디서 저런 힘이 날까? 펄펄 난다. 숙소에서 법당까지 계단을 오르는 품새도 20년 이상 젊은 나보다 빠르고, 법당에서는 힘 하나 들이지 않고 나비처럼 가볍게 절을 한다. 그렇게 하루에 333배를 하신다니 신심(종교를 믿는 마음)도 신심이려니와 그 절하는 자체가 대단한 운동이 되어 몸과 마음이 절로 튼튼해진 모양이다.

4시 30분에 아침 공양이다. 아직도 사방이 깜깜한데 아침밥이라니. 너무 일러 안 넘어갈 것 같은데도 꿀맛이다. 여러 명이 둘러앉아 먹다가 내가 오늘 오대산을 넘어갈 거라고 했더니 장충동 보살이 미안해한다.

"아, 등산 왔구만. 아이고, 미안해요. 나는 그것도 모르고 자는 사람을 깨웠네."

그러고는 가방 안에서 들기름 냄새 폴폴 나는 절편을 꺼내 한 봉지 싸 주신다.

"배낭 보살, 가다가 요기하세요."

졸지에 나는 '배낭 보살'이 되었다. 고맙습니다, 절편 보살님. 간밤에 말은 많이 하셨어도 기도 효험이 있기를 진심으로 바랍니다.

넘지 말아야 할 선

입구에 버젓이 산불 방지 기간에는 입산을 금지한다는 경고문이 붙어 있다. 뜨끔하다. 벌금도 벌금이지만 가다가 걸리면 무슨 망신이냐? 다른 나라를 다니는 것 같으면 모른 척하다가 들키면 그 나라 말을 못 알아듣는 척이나 하지. 성실한 대한민국 국민의 한 사람으로서 몰래 넘어가려니 마음이 영 편치 않다.

그러나 생각해 보라. 지뢰가 묻혀 있는 것도 아니고 무장공비가 숨어 있는 것도 아니고 산사태로 길이 무너진 것도 아니다. 아무런 비상사태에 해당되지 않는, 오로지 산불 방지가 목적이라고 하니 산을 넘으면서 불을 쓰지 않으면 되는 것이다. 불이라는 말도 하지 않으면 되는 것이다. 아닌가?

적멸보궁에서 공원 관리인들이 9시에 출근한다는 정보를 얻었다.

"북대사로 초하루 불공 드리러 간다고 하세요."

절편 보살이 귀띔해 준다. 아침 7시 반. 드디어 '넘지 말아야 할 선'을 넘었다. 그리고 상원사 입구에 있는 공원 관리 사무소가 보이지 않을 때까지 걸음아 나 살려라, 들입다 뛰었다.

그러나 북대사까지는 그렇게 뛰지 않아도 된다. 입산 금지이긴 하지만 사찰까지 막아 놓은 것은 아니니까. 문제는 북대사를 넘어서 명개리까지의 18킬로미터 구간이다. 거기서 걸리면 변명의 여지가 없다. 그러나 어쩌겠나? 이미 들어선 길인걸. 꼭 누가 따라올 것만 같아 뒤돌아보고 또 돌아보면서 잰걸음으로 걷는다.

30분쯤 지나니 어느 정도 '범법자 스트레스'에 적응이 되는 것 같다. 심장 박동수가 안정권에 접어들자 마음먹은 일을 실행에 옮긴다. 배낭을 내려놓고 길바닥에 앉아 신발과 양말을 벗고는 신발 끈으로 신발 두 짝을 엮어 목에 걸고 맨발로 걷기 시작했다.

맨발 도보 여행이다. 이번 여행 중에 한 번은 꼭 맨발로 걷고 싶었다. 문경 새재에서처럼 그냥 1시간 정도 흉내만 내는 것 말고 하루 종일 흙길로만 걸어 보았으면 했다. 맨발로 걸으면서 발바닥의 느낌도 알고 싶었고 우리 땅의 체온도 궁금했다. 오늘이 안성맞춤이다. 이 길은 446번이라는 번호를 단 포장되지 않은 지방 도로다. 게다가 입산 금지 기간이라 맨발로 걷는 나를 볼 사람도 없으니 이런 좋은 기회를 놓칠 수 없다.

구불구불 길을 따라 올라간다. 맨살에 닿는 차가운 흙이 산뜻하다. 크고 작은 돌이나 굵은 모래 때문에 몹시 따갑지만 이것 역시 즐겁다. 견딜 수 없이 발바닥이 아플 때는 가끔씩 거친 길을 피해 길과 마른풀 사이로 걷는다.

오대산은 굽이마다가 전망대다. 겹겹이 포개진 둥글둥글한 산들. 하얀 뭉게구름은 손만 뻗으면 닿을 것 같다. 모처럼 새파란 하늘이다. 숲을 스치는 바람 소리가 마치 자갈 위를 달리는 차 소리 같다. 이 시원하고 향긋한 바람은 또 어디에서 오는 건가?

낙엽에 발이 푹푹 빠진다. 매끌매끌하지만 감촉이 좋다. 겁 없는 다람쥐 한 마리가 발밑을 가로지르며 왔다 갔다 한다. 눈이 딱 마주쳐도 도망은커녕 무서워하는 척도 안 한다. 몇 달 동안 사람이 안 다니니까 제 세상인 줄 아나 보다.

꼭대기에 가까운 평창군 진부면과 홍천군 내면의 군 경계선 근처에는 4월 중순인데도 아직 눈이 쌓여 있다. 녹지 않은 얼음판을 건너가야 하는 때도 있었다. 미끄럽고 발이 시렸다.

입산 금지 기간이기 때문에 식사를 할 가게나 식당이 없는 것은 당연한 일. 적멸보궁에서 보살님이 싸 준 흰 절편으로 배고픔을 달랬다. 절밥이나 절

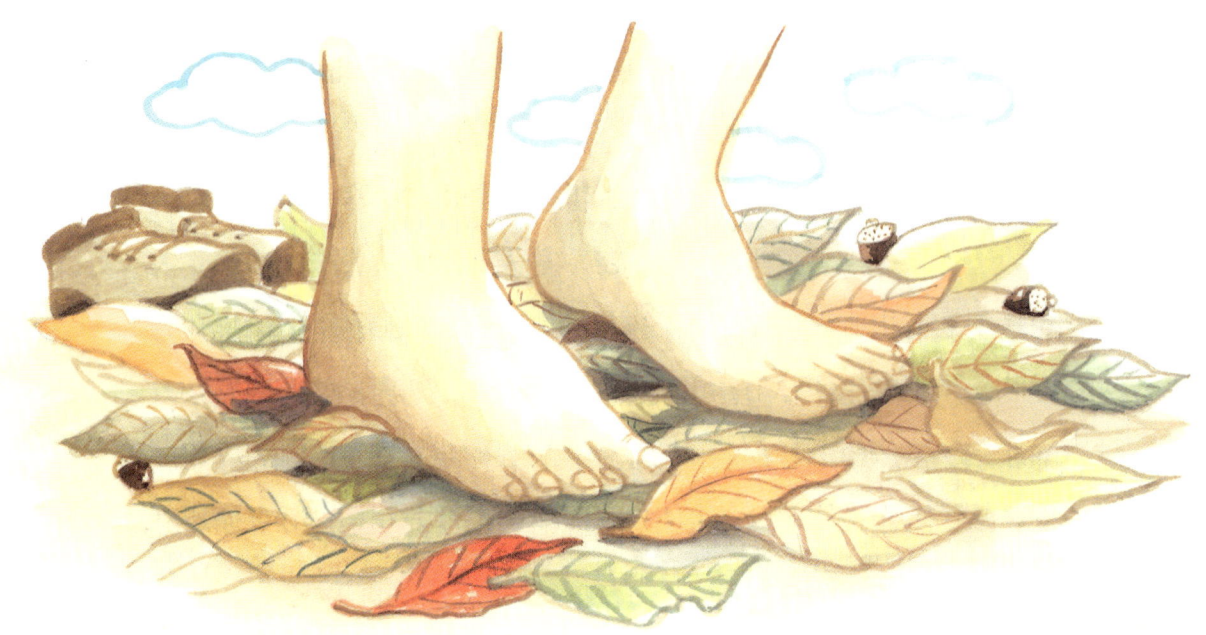

떡은 참 담백하고 맛있다. 내게는 아련한 향수를 불러오는 맛이기도 하다.

우리 식구는 절밥, 절떡을 수없이 먹었다. 우리 외할머니가 막내 삼촌까지 결혼을 시키고 비구니가 되셨기 때문이다. 정식으로 계를 받으신 후 머리를 깎고 절로 들어가셨다. 쉰이 넘은 나이에 편안한 삶을 뒤로하고 만만치 않을 제2의 인생을 택하신 우리 할머니. 회색 승복이 무척 잘 어울리셨다.

그런 외할머니께 우리 가족이 천주교로 개종하겠다고 말씀드렸을 때가 생각난다.

"무엇을 믿든지 열심히 믿으면 다 같은 거야."

할머니는 전혀 개의치 않으셨다. 그렇게 품 넓은 '스님 할머니'도 대를 잇는 일에 관한 한 어쩔 수 없는 '보통 할머니'셨다. 우리 엄마가 딸 둘을 낳고 다시 아이를 가졌다는 얘기를 듣던 그날부터 지극정성으로 기도를 드리셨다.

내가 태어났을 때 할머니는 우셨다고 한다. 아들을 점지해 달라고 갖은 치성을 드렸을 텐데 셋째도 딸이었으니 얼마나 섭섭하셨을까? 다행히 동생이 아들이라 터를 잘 팔았다고 뒤늦게 귀여움을 돌려받았다. 그래도 달고 다니셨던 할머니의 후렴 한마디.

"셋째가 아들이었으면 얼마나 좋았을꼬!"

할머니, 지금도 제가 아들이 아니라서 섭섭하세요? 그래도 조금은 기특하시죠? '아들보다 좋은 딸'이 아니라 '이 세상 사람들에게 좋은 딸'이 되려고 애쓰고 있으니 끝까지 지켜봐 주세요, 스님 할머니.

절떡에 무슨 효험이 있었던 모양이다. '유치장에서의 하룻밤' 등 한바탕

곤욕을 치르겠거니 단단히 각오했는데 너무나 다행히(그리고 너무나 싱겁게) 명개리에 있는 관리 초소 아저씨들이 몇 가지만 형식적으로 묻고는 통과시켜 주었다.(다시는 이러지 말아야지. 어린이 여러분, 절대로 따라 하면 안 되는 거 알고 있죠?^^) 고마운 마음에 이분들께도 초하루 절떡을 기꺼이 나눠 드렸다.

오후 3시. 여기는 강원도 홍천군 명개리. '양양 43킬로미터, 속초 63킬로미터'라는 이정표가 보인다. 이제부터 구룡령을 넘어 갈천까지 가야 한다. 그사이에 여관은커녕 마을도 없다고 한다. 오늘 안으로 20킬로미터 떨어진 갈천까지 다 갈 수는 없지만 해가 아직 남았으니 일단 걸으면서 생각하기로 하자.

홍천군과 양양군을 잇는 56번 국도. 새로 포장을 했는지 스프링처럼 구불구불 올라가는 길이 새카맣다. 계속 오르막이다. '경사 8퍼센트'라는 표시가 보인다. 종아리 뒤가 당기는 걸 보면 가파르기는 한가 보다. 이렇게 자꾸만 올라가다가 오대산 봉우리들과 어깨를 나란히 하고 걷겠다. 날이 좋으면 설악산 대청봉도 보인단다. 낮은 봉우리들은 벌써 눈 아래다.

오후 4시. '양양 39킬로미터, 속초 59킬로미터'라는 이정표가 보인다. 아직도 오르막이다. 1시간 전에 지나온 명개리가 발아래 아득하다. 멀리 가까이 산들이 마치 해안을 향해 달려오는 파도 같다.

이런 외진 길을 혼자 가는 것이 딱해 보였던지 평소보다 훨씬 많은 승용차가 태워 주겠다고 선다. 당장 올라타고 싶은 유혹을 간신히 물리치고 5시까지 걸어 해발 1,013미터 구룡령 정상 휴게소에 도착했다.

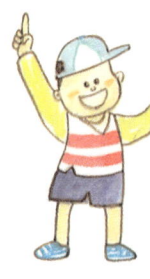

아껴 쓰고 나눠 쓰고 다시 쓰고!

지난해에 서울시가 초등학교 어린이들의 근검절약 생활의 실천 정도에 대해 조사를 했는데, 학용품을 '아껴 쓴다'가 20%인 데 반해 '아껴 쓰지 않는다'가 46%로 나타나 낭비 성향이 다소 짙은 것으로 드러났다. 학용품 구입 시기도 '다 쓴 후'보다 '쓰던 것이 싫증났을 때'가 52%로 더 높았으며, 조금 남았을 때도 버린다는 어린이가 44%나 되었다.

소지품 분실에 관한 조사에서는 월 2회 이상 자기 물건을 잃어버리는 어린이가 58%로 전체의 1/2이 넘었지만, 찾을 때까지 노력하는 어린이는 고작 22%로 아주 낮은 편이었다. 폐품을 모아서 재활용하는 어린이는 겨우 15%에 불과해, 전체적으로 아끼는 습관이 제대로 갖춰져 있지 않다는 것을 확인할 수 있었다.

어쩌다 이렇게 된 것일까? 그것은 물질이 풍부해지면서 언제든지 쉽게 물건을 구하고 쓸 수 있게 된 데다, 가정에서 부모들의 무계획적인 소비 풍조가 맞물려서 빚어진 일이 아닐까? 또한 입으로만 아끼고 절약하라는 말을 할 뿐, 정작 어린이들이 본받을 수 있도록 모범적으로 절약 생활을 하고 있는 어른들을 찾아보기 어렵다는 점도 한 몫을 한 듯하다.

결국 어른들의 무분별한 소비 생활이 어린이들에게 그대로 영향을 미쳐서 자기 물건에 대한 애착심을 갖지 못하고, 합리적인 소비 생활에 의한 근검절약 생활보다는 사치와 낭비, 충동구

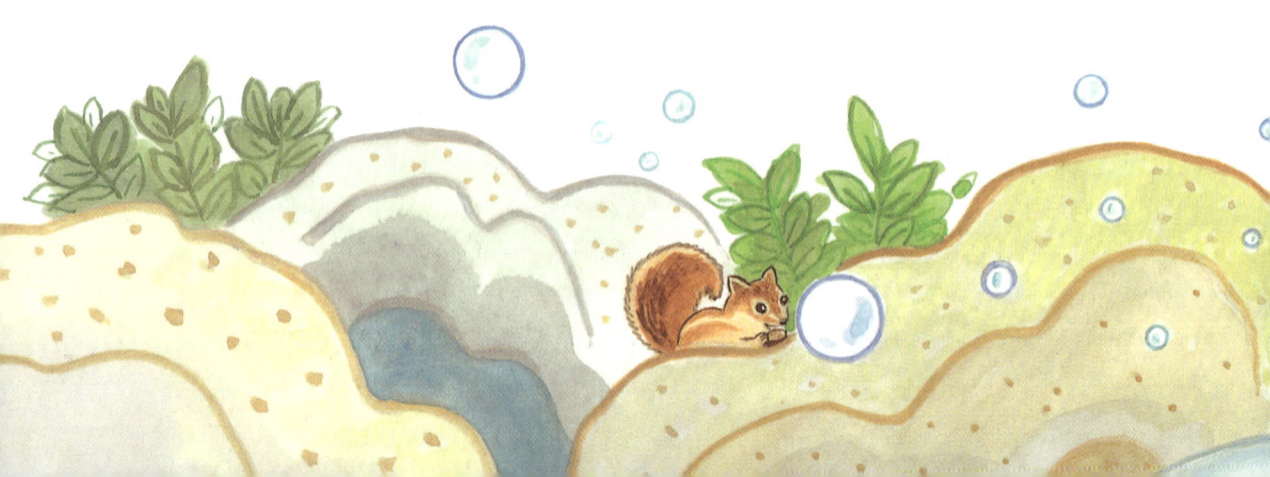

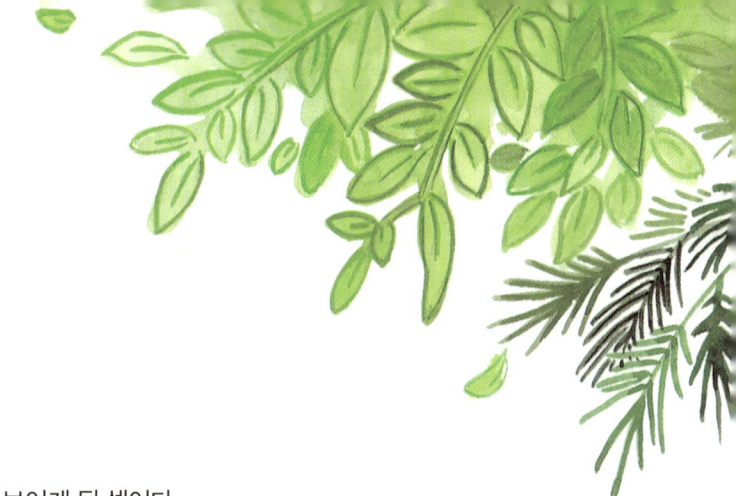

매 등 바람직하지 못한 소비 성향을 보이게 된 셈이다.

학교에서 경제 교육에 대한 지도가 나름대로 이루어지고 있긴 하지만, 경제에 대한 현실감이 부족하여 실제 생활과 관련된 생활 중심의 학습 활동은 아직 미흡한 편이다.

어린이들이 올바른 경제 습관을 기르기 위해서는 어려서부터 낭비하지 않고 물자를 절약하는 건전한 소비 생활을 습관화하는 것이 매우 중요하다. 근검절약을 하기 위해서 우리가 당장 실천할 수 있는 일들을 조목조목 적어 보는 것은 어떨까?

1. 세수나 목욕을 할 때는 물을 틀어 놓지 않고 받아서 쓴다.
2. 변기통 안에 벽돌을 넣는다.
3. 빈 병이나 깡통, 우유팩, 플라스틱 등은 반드시 분리수거를 한다.
4. 방이나 교실에서 나갈 때는 곧바로 등을 끄고, 안 쓰는 전자제품의 플러그는 꼭 뽑아 둔다.
5. 종이컵 등 일회용품을 될수록 쓰지 않는다.
6. 종이와 화장지를 아껴 쓴다.

자, 여기에서 당장 실천할 수 있는 일들을 골라 보고 하나하나 직접 해 보는 거다.

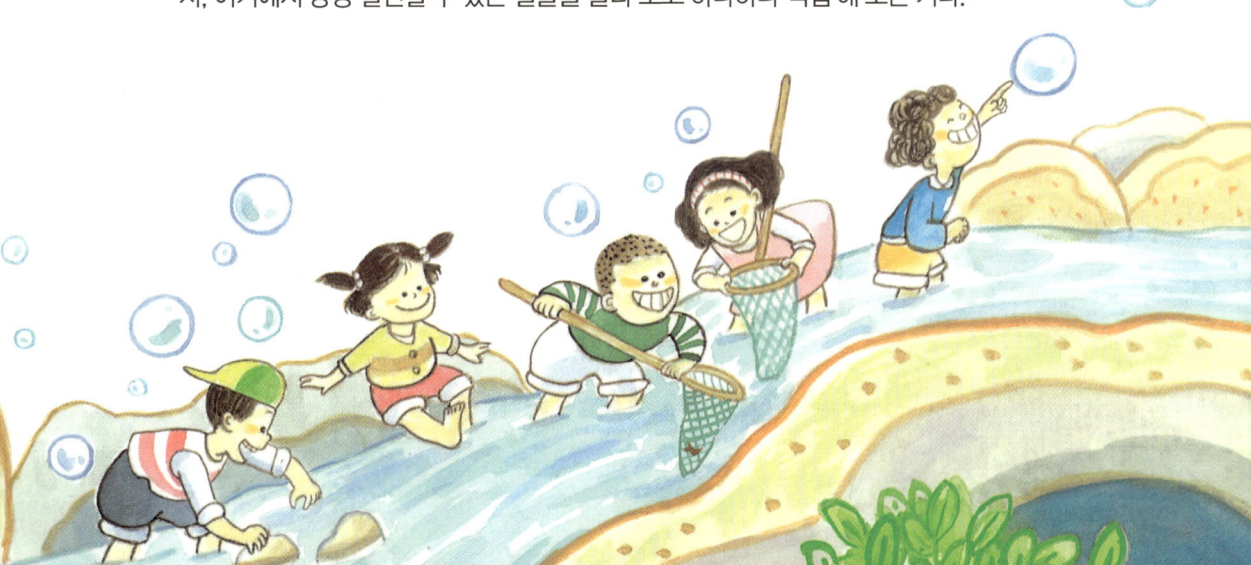

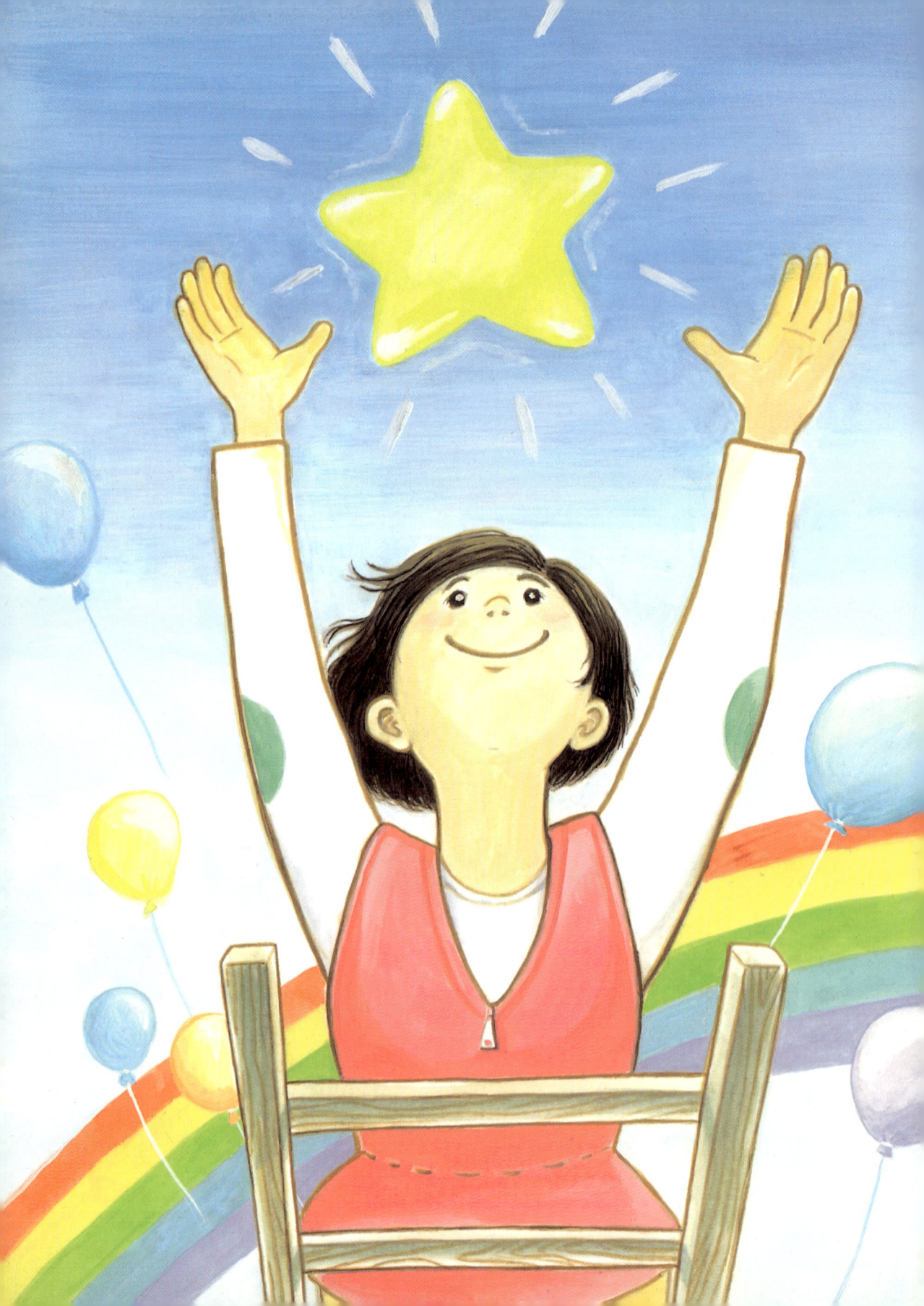

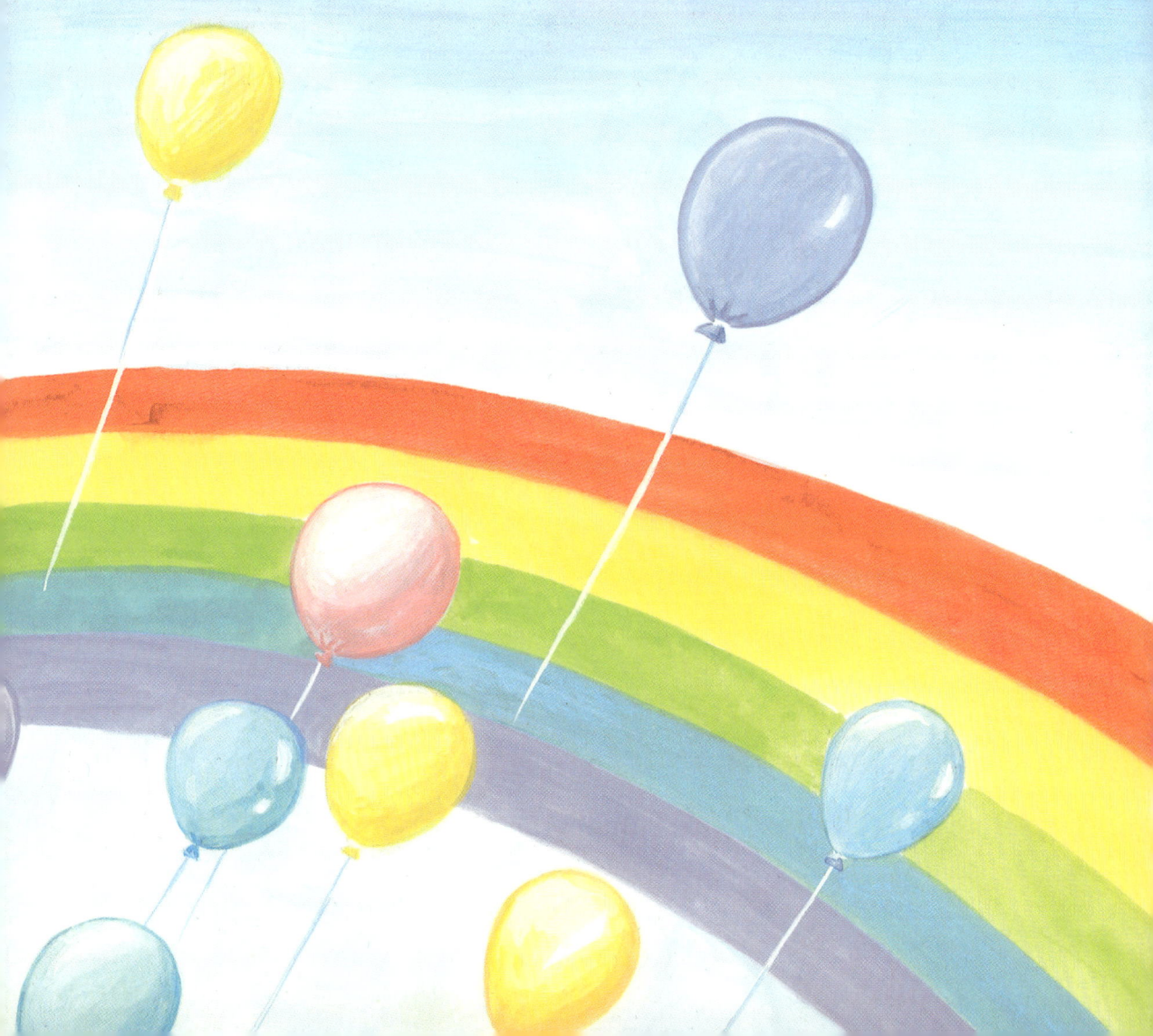

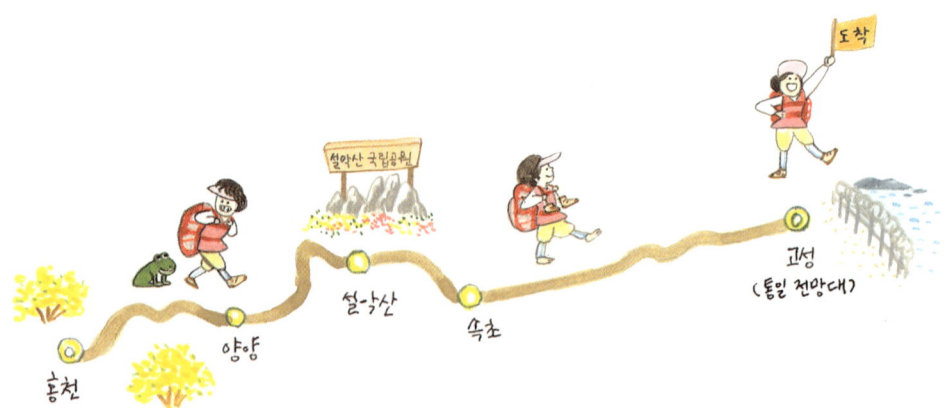

수다쟁이 삼인방

"안녕하세요? 어서 오세요."

"아휴, 비야 씨, 오랜만이야. 건강해 보이네."

"먹을 것 많이 준비해 오셨어요?"

"그래그래, 감자떡도 있고 건빵도 있고 사탕도 있어."

아침 10시에 소설가 이경자 언니와 오정희 선생님이 내가 묵은 곳으로 오셨다. 국토 종단을 하게 되면 따라붙겠다던 그 많은 사람 중에 정말로 나타난 네 번째 팀이다. 경자 언니는 어젯밤에 내려와 고향인 양양에서 묵었고, 춘천에 사시는 오 선생님은 오늘 새벽차로 내려오셨단다.

내가 어제 무리를 해서 구룡령 오르막을 다 걸었던 것은 바로 이 두 분 때문이다. 어려운 시간을 내셨으니 좀 더 경치 좋고 걷기 좋은 길을 걷게 하고 싶었다. 이틀간 같이 걷기로 했으니 아무리 슬슬 걸어도 논화까지는 갈 수 있겠다. 오늘은 어제 마지막 지점인 휴게소에서 시작, 구룡령 정상에서 갈천을 거쳐 서림 삼거리까지 갈 계획이다.

오르막이 있으면 내리막이 있는 법. 어제 올라온 만큼 반대편으로 구불구불 내려가는 중이다. 바로 어제 얼음과 눈이 덮인 오대산을 넘어왔는데, 여기는 완연한 봄이다. 이곳의 봄은 도둑처럼 슬그머니 오는 것이 아니라 황금박쥐처럼 '짠' 하고 나타나는가 보다.

산속의 봄. 새순이 돋아나는 낙엽송의 조그만 연두색 이파리들이 앙증맞다. 노란 개나리가 흐드러졌고 하얀 벚꽃도 절정에 달했다. 밥풀 같은 앵두 꽃잎이 조금만 건드려도 공중에서 흩어진다. 키 작은 배나무에 다닥다닥 붙어 있는 하얀 배꽃은 꼭 무당들의 모자에 붙은 흰 장식을 떠올리게 한다.

엄나무 가지에는 먹음직스러운 두릅이 뾰족뾰족 올라와 있고, 가끔씩 칡넝쿨이 딴죽을 건다. 이것은 국도를 따라가면서가 아니라 철조망을 뚫고 빙글빙글 도는 길을 가로질러 가다가 본 것들이다. 그동안 꽃보다 내 걸음이 더 빨라서 봄꽃들을 하나도 못 보겠다고 투덜댔는데 오늘로서 그 말이 쏙 들어가게 생겼다.

어제 묵었던 갈천리(葛川里)는 토박이 이름으로 '칡내' 혹은 '치래'라고 한다. 칡내는 물론 칡이 많아서고, 치래는 양양까지 70리(28킬로미터) 남았다는 뜻이다. 내려오면서 보니 발에 차이는 것이 칡이다. 국도 옆의 간이 상점에서도 칡즙 아니면 말린 칡을 주로 판다.

이 지방 지명에는 쌀 이름도 있다. 미천 계곡이 그것이다. 미천(米川)은 토박이 이름으로는 쌀골짜기였단다. 심심산골에 쌀농사를 지을 리는 없고 옛날 선림원에서 공양미 씻은 뜨물이 흘러 계곡물을 하얗게 물들였다는 데서 비롯되었단다. 그때에도 어떤 입은 칡뿌리 먹고, 어떤 입은 쌀밥 먹고 했나 보다.

서림의 상평초등학교 어귀의 아름드리 벚꽃나무를 이정표로 오늘의 걷기를 마쳤다. 두 분 다 지친 기색은커녕 벌써 내일을 기대하는 표정이었다. 걷는다는 것은 바로 이런 것이다. 시간이 흐를수록 발걸음은 무거워져도 마음은 가벼워지는 것. 좋은 사람과 함께 웃으며 걷는 길이야 더 말해 무엇할까?

오늘은 차를 얻어 타고 양양 물갑리에 있는 경자 언니네 시골집에서 묵기로 했다. 모처럼 나무 넉넉히 땐 방에 누워 있으니 피로가 싹 풀리는 것 같다. 나무 때는 냄새가 구수하다. 고단해서 금방 자게 될 줄 알았는데 새벽 2시까지 잠이 들 조짐이 전혀 없다. 내로라하는 수다쟁이 세 명이 모였으니 순서 기다렸다 얘기하기도 바쁘다.

게다가 바깥 논에서 막무가내로 울어 대는 개구리 소리. 꽥꽥거리는 것이 귀에 거슬리기도 하고 듣기 좋기도 하다.

개굴개굴 개구리 노래를 한다
아들 손자 며느리 다 모여서
밤새도록 하여도 듣는 이 없네

듣는 사람 없어도 날이 밝도록
개굴개굴 개구리 노래를 한다
개굴개굴 개구리 목청도 좋다.

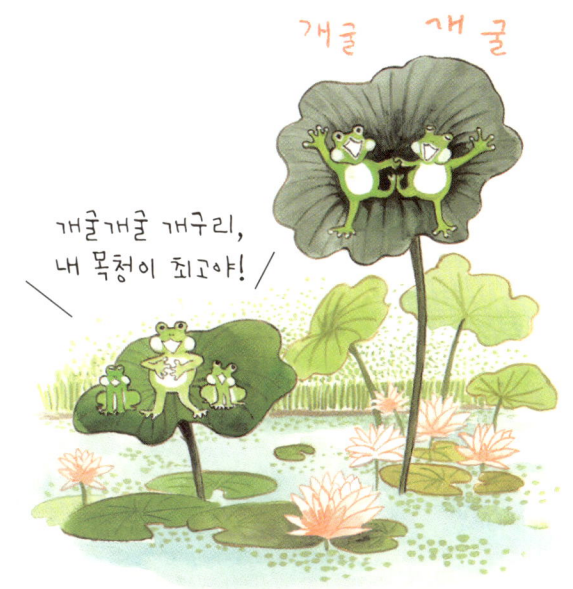

개굴개굴 개구리,
내 목청이 최고야!

이 동시를 지은 선생님도 틀림없
이 오늘 밤처럼 개구리가 죽자 하고
울어 대는 바람에 수많은 밤을 설치
셨을 거다.

'오버'하는 한비야의 국제화

이틀간 같이 걷고, 먹고, 자고, 웃고, 떠들던 두 분과 헤어지려니 그것도
이별이라고 눈물이 찔끔 나온다. 배낭을 메고 돌아서는데 나도 모르게 아
랫입술이 꽉 물어진다. 이제부터 또 혼자다.

산 넘어 산이라더니. 오대산 넘어 설악산에 가려는데 또 문제가 생겼다.
이곳 역시 산불 방지 입산 금지 기간이란다. 그것도 모르고 오늘 약간 무
리를 해서라도 오색 약수 길로 해서 대청봉까지 가려고 했다. 거기 대피소
에서 이틀 정도 느긋하게 묵으며 일기장과 수첩을 정리해야지 했는데. 꿈
도 야무지지, '대청봉에서의 휴식'은커녕 들어가지도 못한다는데.

어떻게 하나? 설악산을 넘어가는 것이 이번 도보 여행의 하이라이트 중
하나인데……. 물론 양양으로 가서 동해안을 끼고 올라갈 수도 있지만 여

기까지 온 이상 꼭 설악산 정상에 오르고 싶다. 일단 오색 약수 입구까지 가 보기로 했다.

역시나, 입구에는 입산 금지 안내판이 붙어 있다. 그러나 안내판만 보고 얌전히 돌아설 수는 없는 일. 머릿속에서 '정면 돌파'라는 작전 명령이 떨어진다. 근처에 있는 국립 공원 관리 사무소를 찾아갔다. 다짜고짜 산을 넘어갈 방법이 없겠냐고 물었다.

"학술적인 이유나 공익을 위한 것 외에는 입산을 허가할 수 없습니다."

친절하지만 단호하다. 충분히 이해한다. 그럴 수밖에 없겠지. 여기까지 입산 금지인지 모르고 와서 떼쓰는 사람이 어디 한두 명일까? 내 국토 종단이 지극히 개인적인 일이니 안 되는 것이 당연하다. 상황이 이러니 정면 돌파를 꾀할 수밖에. 최대한 겸손하면서도 조리 있게 사정해 보는 수밖에.

"잘 알겠습니다. 그런데요, 저는 6년간 세계 일주를 하고 국토 종단으로 그 여행을 마무리하려고 합니다. 이왕 우리 국토를 걷는데 명산 설악산 정상으로 넘어가야지 주위를 빙빙 돌아갈 수는 없잖아요? 억지를 부릴 생각은 없습니다만 선처해 주시기를 부탁드립니다."

처음에는 내 말을 건성건성 듣던 관리소 직원 두 분이 조금 지나서는 나에게 눈길을 주며 관심을 보였다. 잘하면 될 것 같아 더 열심히 사정 얘기를 했다. 내 얘기를 다 듣고 나서도 두 분 중 연장자는 여전히 굳은 얼굴로 곤란하다는 표정이었다. 하지만 젊은 직원이 호기심에 찬 말투로 이것저것 물어보더니 상급자에게 해 주자는 듯한 눈짓을 보냈다. 잠시 후, 연장자가 구국(?)의 결단을 내렸다.

"알겠습니다."

입산 허가증을 내주겠다는 말이다. 야호! 내가 적어도 산불은 안 낼 것 같이 보였나 보다. 사람 잘 보았다. 그리고 정말 고맙다.

국립 공원 관리 공단 설악산 관리 사무소장 이름으로 내준 발행 번호 59번 입산 허가서에는 반드시 중청 대피소에서 묵어야 하고, 오색 약수에서 시작해 천불동 계곡으로 내려가야 한다고 적혀 있었다. 서류상의 입산 목적은 사찰 방문, 허가 기간은 1박 2일.

입산 허가증을 손에 넣으니 발걸음이 두 배로 가볍다. 그래도 이틀간의 산행을 위해 푹 쉬어 두는 것이 좋을 것 같아 일찍 숙소를 잡았다. 공교롭게도 말 많은 민박집 주인아저씨를 만났다.

숙박비를 받으러 내 방에 들어와서는 나갈 생각을 않고 뭐가 그렇게 궁금한지 소나기 질문을 퍼붓는다. 내가 피곤한 척하며 눈치를 주고, 아줌마가 남편에게 그만 가서 자라고 해도 막무가내다.

그냥 네, 아니요, 건성으로 대답하며 자리를 물리려고 하는 순간, 미국인 친구에게 휴대폰으로 전화가 왔다. 아저씨, 당장에 눈이 휘둥그레져서 통화가 끝나자마자 또 참견을 한다.

"아가씨, 영어 잘 하네."

"네, 조금."

"이 아가씨, 알고 보니 국제화한 아가씨구만."

국제화라. 아저씨는 영어를 하는 것이 곧 국제화라고 생각하는 모양이다. 이 아저씨뿐만 아니라 많은 사람들이 이런 생각을 가지고 있는 것 같다. 영어를 통한 국제화. 물론 틀린 말은 아니다. 머지않아 영어가 공식, 비공식 만국 공용어 노릇을 할 것이 분명하기 때문이다.

그러나 여기서 한 가지 잊지 말아야 할 것은 영어는 '목적'이 아니라 단지 실용적인 '도구'일 뿐이라는 점이다.(이에 대해 여러 가지 의견이 있지만 나는 그렇게 믿고 있다.) 내가 안타깝게 여기는 것은 국제화라는 이름 아래 영어가 널리 쓰이면서 우리말이 제 대접을 받지 못한다는 점이다.

지식인들의 일그러진 언어 습관이 그 대표적인 예다. 교육 수준이 높을수록 말을 할 때 영어 등의 외국어를 섞어 쓰는 일이 흔하디흔하다. 나도 예전에는 그랬다. 입만 열면 거의 모든 단어를 외국어(외래어가 아니다!)로 썼으니까. 하도 그렇게 쓰다 보니 어느 때는 우리말보다 외국어 단어가 먼저 떠오르기도 했다. 지금 생각하면 얼굴이 화끈하도록 부끄럽다.

나는 여행을 하면서 우리말이 얼마나 귀한 것인가를 깨닫게 되었다. 자기 나라 말과 글이 있다는 것이 얼마나 자랑스러운 일인가를 알게 되었기 때문이다.

세계 70억 인구가 쓰고 있는 말은 약 3,000~4,000가지, 그 말 중에 문자까지 있는 것은 겨우 300가지 남짓이란다. 여행을 하다 만난 사람들에게 우리나라의 독창적인 말과 글이 있다고 말할 때마다, 그 말을 듣고 놀라는 사람들의 얼굴을 볼 때마다 얼마나 우쭐했는지 모른다.

특히 우리글은 단지 24개의 모음과 자음으로 무려 11,172자를 만들 수 있는 최고의 발명품이다. 오지 여행을 하면서 그곳 사람들에게 준 가장 큰 선물은 한글로 써 준 이름이었다. 그들은 하나같이 가로 세로의 직선과 네

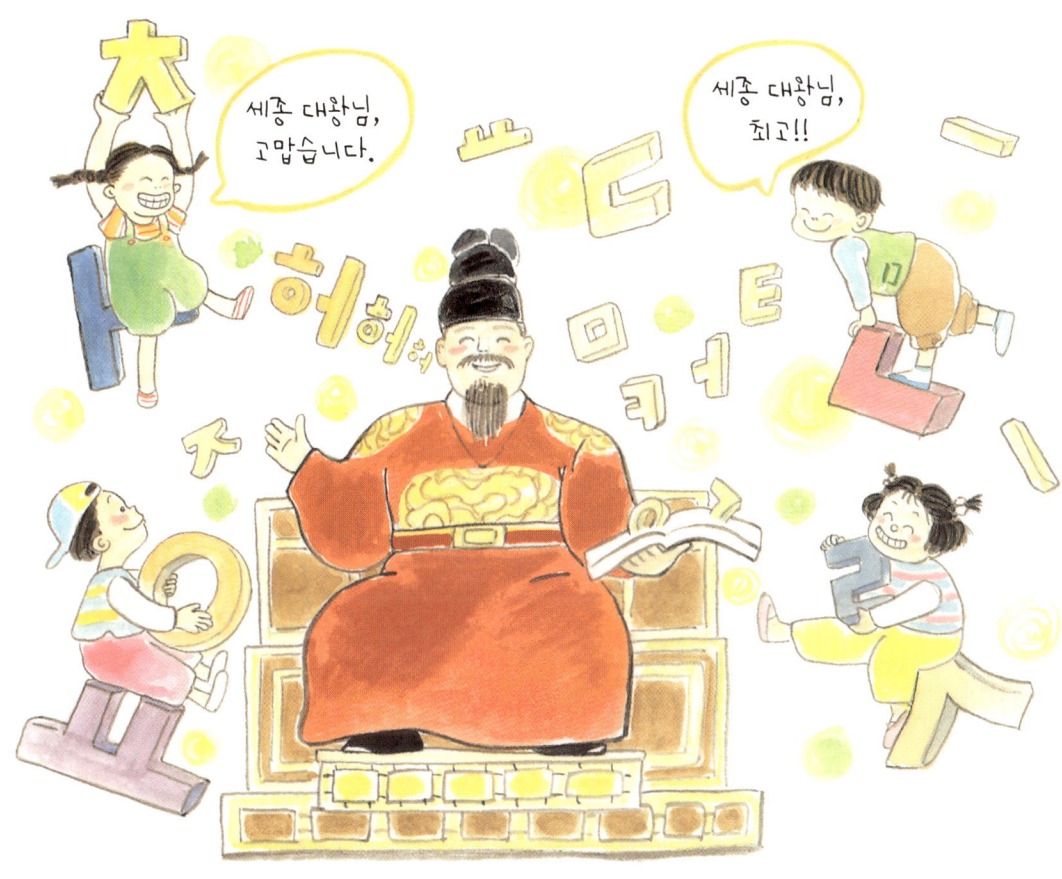

모, 동그라미가 어떻게 자기 이름이 되느냐고 몹시 신기해했다.

　어느 때는 아예 자음표, 모음표를 만들어 본격적인 한글 교육을 시킨 적
도 있는데, 대부분 이삼 일이면 가족 이름을 손수 쓸 수 있을 정도로 쉽게
배운다. 우리나라 성인의 문자 해독률이 98퍼센트(1995년 유엔에서 발표한
인간 개발 지수)에 이르는 것도 이런 이유에서다.

　말과 글에 그 나라의 혼이 담겨 있는 것은 당연하다. 그런데 지금 우리

는 자랑스럽고 고맙게 생각해야 할 말과 글을 어떻게 대접하고 있는가? 아끼고 사랑하기는커녕 홀대를 하고 있지 않은가? 긴 여행 중에 이런 생각을 자주 하면서 많은 반성을 하게 됐다.

여행에서 돌아온 나는 우리말을 하면서 될수록 외국어를 섞어 쓰지 않으려고 한다. 나의 여러 가지 나쁜 언어 습관 중에서 이것을 먼저 고쳐야겠다는 생각이다. 워낙 오래된 버릇이라 하루아침에 고쳐지지는 않지만 열심히, 그리고 꾸준히 노력하는 중인데 확실히 하루가 다르게 좋아지고 있다.

내겐 너무나도 특별한 설악산

산은 내게 매우 소중한 친구다. 특히 우리나라 산은 아무리 험하다 한들 아마추어가 오르지 못할 산이 없어서 더욱 친근하게 느껴진다. 늘 거기에서, 언제나 반갑게 맞아 주는 산. 눈만 뜨면 보이는 것이 산이요, 산 역시 늘 우리를 쳐다보고 있다. 그래서인지 초원이나 사막만 계속되는 나라, 혹은 해안 지방을 오래 여행하다 보면 뭔가 빠져 있는 허전함을 감출 수 없었다.

산이라면 어느 산인들 정이 가지 않으리요마는 서울 북한산을 빼고 내가 제일 자주 찾는 산이 바로 설악산이다. 복잡한 일이 생겼을 때, 새로운 친구와 더 친해지고 싶을 때, 외국에서 손님이 올 때, 그냥 서울을 잠시 벗어나 머리를 식히고 싶을 때 등. 술 좋아하는 사람들이 술 마실 구실을 찾는 것처럼 나도 갖가지 이유를 달아 설악산에 오른다.

그래서 구석구석 눈에 익고 발에 익었다. 설악산 산행은 어디를 가도, 언제 가도, 누구와 가도 늘 특별하고 좋은 시간이었다. 이번 등산도 그럴 것이다. 아무도 없는 설악산을 혼자 넘어가는 기분은 어떨까?

등산로 입구에 서니 설악산 입산을 정식으로 허가받은 것이 새삼 천만다행이라고 느껴진다. 입구부터 산 둘레를 따라 높은 철조망이 무시무시하게 둘러쳐 있다. 오대산처럼 몰래 들어가기는 아무리 봐도 어렵겠다.

오늘은 오색 약수부터 대청봉까지 네다섯 시간의 짧은 산행이다. 산을 오르기 시작한 지 1시간쯤 지나 놀랍게도 한 무리의 등산객을 만났다. 나를 보고 그쪽에서 더 놀라는 표정이다.

"아가씨, 그냥 돌아가세요. 우린 대청봉에서 한 사람 앞에 10만 원씩 벌금 물고 내려오는 거예요."

거듭 다행이다. 설악산은 그냥 엄포가 아니라 정말 과태료를 물리는 엄한 곳이다.

아무도 다니지 않는 산길에 벌써 봄이 와 있었다. 진달래가 지천이다. 지금쯤 북한산 보광사에서 대동문까지 진달래 능선은 꽃잔치가 벌어졌겠다.

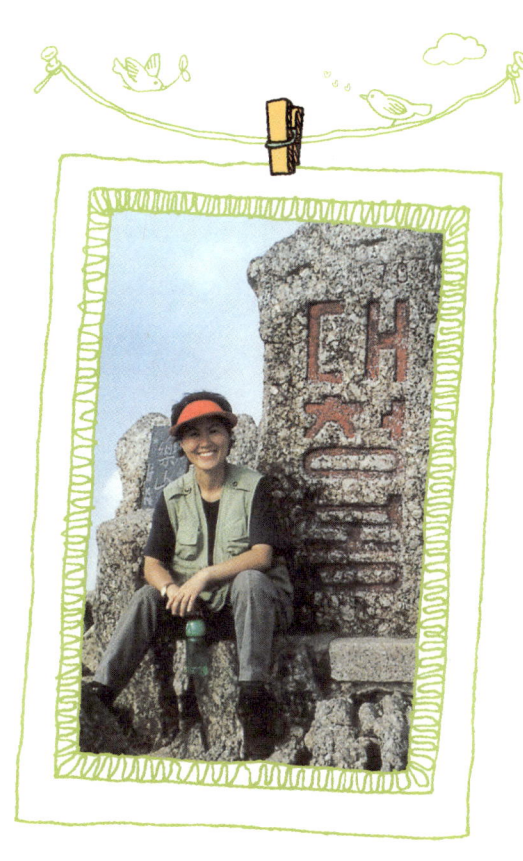

해원사에서 대남문으로 가는 길에도. 다람쥐 한 마리가 아까부터 나를 쫓아오다가 내가 멈추면 앞발을 들고 귀를 쫑긋 세운 채 양손을 비비면서 서 있다. 뭘 달라는 걸까? 사람들이 도토리를 몽땅 긁어 가는 바람에 다람쥐 먹을 것이 없다는 얘기를 들었다. 정말 너무하다. 다람쥐 양식이나 빼앗아 먹다니. 같은 사람으로 미안한 생각이 든다. 가방 속에 잣이 들어 있는데 조금 줘 볼까?

설악 폭포를 지나면서 나타나는 계곡의 물소리가 시원하다. 어제 비가 와서인지 바람도 깨끗하다. 힘이 솟는 것 같다. 산에만 들어오면 느껴지는 이 신기한 에너지.

산을 좋아하는 사람들은 막연히 '산의 정기'라고 부르지만 잘 생각해 보면 정체를 알 수 있을 것도 같다. 이건 혹시 산에 있는 바위와 흙, 맑은 공기와 물, 나무와 풀, 그리고 그 안에서 살아가는 크고 작은 동물들 사이의 막힘없는 순환 때문이 아닐까? 인간의 간섭이 없을 때 나타나는 광물, 식물, 동물의 자연스러운 교감, 그리고 인간인 나도 자연의 일부로 자연의 질서 안에서 한 고리가 되는 일체감이 아닐까? 그 흐름 안에서 자연과 좋은 기를 주고받기 때문이 아닐까? 그런 것 같다.

그날 밤, 중청 대피소의 운동장같이 넓은 방을 혼자 전세 냈다. 같이 묵는 사람들이 있으면 훈기가 좀 있으련만. 밤 기온이 영하로 떨어진다는 소리를 듣고는 담요에 눌릴 만큼 여러 겹 덮고 잤다. 눌려 죽는 것이 얼어 죽는 것보다 나을지 어떨지는 내일 돼 봐야 알겠다.

먹을 복 터진 날

"어제 대청봉에서 낚은 고기로 만들었어요."

대원 한 분이 농담을 하며 아침을 먹으란다. 간단히 먹는 아침상이 생선찌개에 김치찌개까지 진수성찬이다. 누군가 내게 요리 솜씨를 자랑하려는 게 분명하다.

컵라면으로 적당히 때울 생각이었는데 웬 떡이냐? 어젯밤에도 미안해서 굳이 컵라면을 먹겠다니까 그건 맛이 없다며 보통 라면을 기막히도록 맛있게 끓여다 주었다. 김치에 밥 한 공기까지 얹어서. 겨우내 사람이 다니지 않아서 그런지, 원래 그런지, 아니면 내가 여자라서 그런지 여섯 분 모두 무척 친절하다. 여러 가지로 고맙다.

대청봉의 아침이 더할 수 없이 맑고 상쾌하다. 이곳은 사시사철 바람이 불기로 유명한데 오늘은 바람도 한 점 없다. 수년간 근무하고 있는 아저씨들도 드물게 보는 좋은 날씨란다. 불어 대는 바람 때문에 엎드려 있는 듯키 작은 눈잣나무와 눈측백나무들이 고개를 들 만큼.

소청으로 가는 길에는 눈이 무릎까지 쌓여 있다. 눈 밑에 얼음이 얼었는지 몹시 미끄럽다. 시야가 탁 트인 곳에 오니 공룡, 용아, 화채 능선이 한눈에 들어온다. 하늘을 향하여 쭉쭉 뻗은 바위 능선의 역동감이 강렬하게 전해진다. 두 팔을 벌리고 심호흡을 한다. 속이 시원하다. 정면으로는 잘생긴 울산바위가 선명하고, 뒤로는 동해 바다도 보인다. 이번에는 눈까지 시원해진다.

여기는 백두대간의 어디쯤인가? 백두산에서 시작해 두류산, 금강산, 설악산, 오대산, 태백산, 지리산으로 이어지는 우리나라의 등뼈 백두대간. 설악산 내의 대간 줄기는 어제 지나온 오색 약수에서 중청봉을 지나 저 눈앞에 보이는 공룡 능선을 따라 진부령으로 이어진다.

그래서 공룡 능선을 타다 보면 백두대간 종주 중이라는 사람을 심심치 않게 만나게 된다. 목적지를 목전에 둔 사람들이어서인지 피곤한 얼굴이지만 아주 밝고 맑다. 그들을 보면 정말 부럽다. 나도 언젠가 백두대간을 종주하고 싶다. 아니 꼭 할 거다.

희운각 대피소까지는 눈도 얼음도 녹지 않아 몹시 미끄러운 내리막길이었다. 엉금엉금 기다시피 해서 내려왔다.

오늘은 먹을 복이 터진 날이다. 희운각 아저씨가 점심으로 뜨거운 새 밥을 해 줬다. 누룽지까지 눌려 걸쭉한 숭늉을 마셨다. 1959년생 산쟁이 아저씨도 괴짜다. 백두대간 종주는 일찌감치 마쳤고, 동해안 북쪽에서 시작해 남쪽을 돌아 서쪽의 대천까지 우리나라 해안선 일주도 했다. 앞으로의 꿈은 중국의 만리장성 종주와 혜초 스님이 밟은 길을 따라가는 것이란다. 그러면서 하는 말.

"한국도 제대로 모르면서 어딜 그렇게 다녔어요?"

"글쎄 말이에요. 깊이 반성하고 있어요. 그런데 순서는 바뀌었어도 지금 다니고 있잖아요."

"그러네요."

내 대답에 씨익 웃는다. 나이를 가늠할 수 없는 천진한 웃음이다.

나이가 들수록 하고 싶은 일이 점점 더 많아진다. 아무리 생각해도 사람의 한 생, 길어야 백 년은 너무 짧다. 하고 싶은 것을 다 하자면. 여행만 해도 그렇다. 세계 일주를 했다고 하면 "이제 갈 데가 없겠네요." 하는 사람들이 많다. 천만의 말씀이다. 다녀 봤기 때문에 가고 싶은 곳이 더 많아진다.

한국에 있게 된다면 우선 백두대간(백두산에서 지리산에 이르는, 길이 약 1,470km의 산줄기)을 걷고, 적어도 200개 정도의 섬을 돌아보고 싶다.(우리나라에는 약 3,153개의 섬이 있고, 그중 464개는 사람이 사는 섬이다. 섬이 많기로는 필리핀, 인도네시아에 이어 세계 3위라는 사실!) 국토의 가장 홀쭉한 곳을 동서로 횡단하고 싶기도 하다. 언젠가는 한국의 네 개 끝점, 즉 동쪽의 독도, 서쪽의 평안북도 용천군 마안도, 남쪽의 마라도, 북쪽의 함경북도 온성

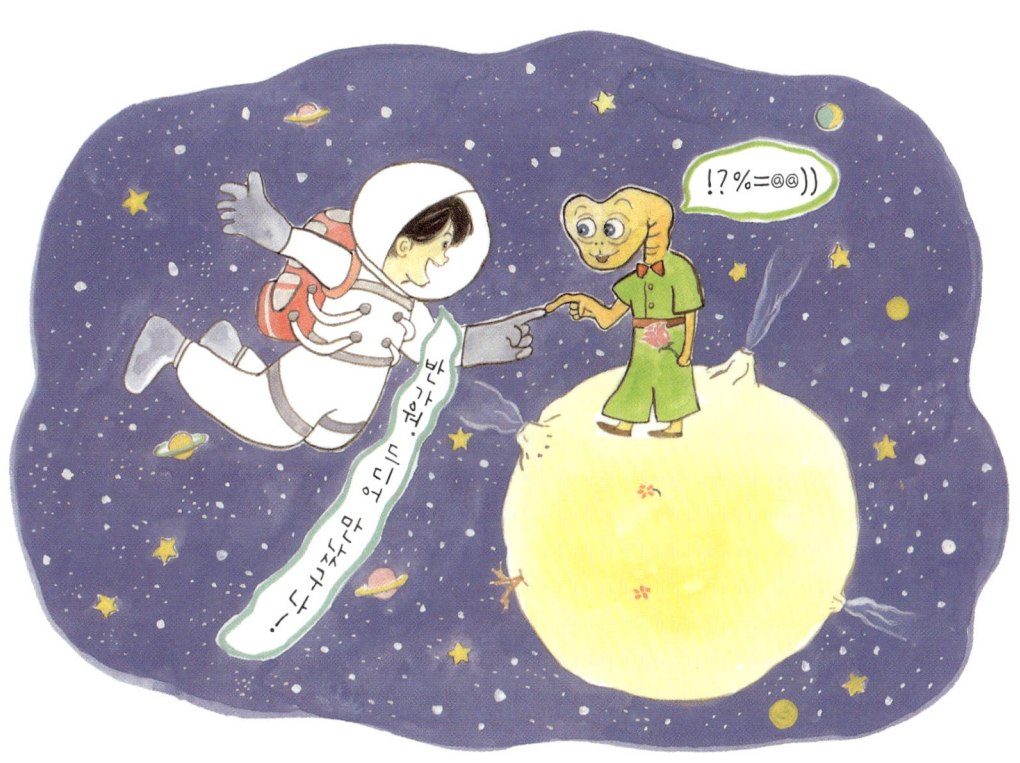

군 유포진을 연결해 다녀 보고 싶다.

세계 여행도 육로 여행만이 끝났을 뿐이다. 아직 가 보지 않은 나라들도 천지다. 다음에는 배를 타고 지구 세 바퀴 반을 돌고 싶다. 섬에서 섬으로 다니면서 지구의 70퍼센트 이상을 차지하는 바다를 누비고 싶다. 그리고 바다에서 살고 있는 사람들과 만나고 싶다. 그러고는? 남은 곳은 하늘인 가? 언젠가는 거기도 가고 싶다. 경비행기나 열기구를 타고 돌아보는 것도 좋겠지. 사람들은 만날 수 없어도 나름대로 특별한 맛이 있을 거다.

우주 여행은 어떨까? 왜 안 되겠는가? 위험할 수도 있는 도전을 행동으로 옮길 때, 만의 하나 잘못되면 어쩌나 하는 두려움 때문에 그렇지 않을 9,999번의 기회를 놓칠 수는 없다.

이제 죽어도 여한이 없다

희운각에서 계곡을 따라 내려가니, 설악산은 예쁘게 단장하고 한껏 멋을 부린 봄 산으로 변신한다. 양폭에서 천불동 계곡을 지나 비선대에 이르는 길은 그야말로 말로 다할 수 없는 아름다운 경치다.

은은한 줄로만 알고 있던 산벚꽃 향기가 라일락보다 더 진하게 온 산에 진동한다. 흰 꽃잎 때문에 마치 서리가 내린 듯 온 산이 하얗다. 바람이 불면 향기로운 꽃비가 내린다. 내 몸에도 그 향기가 밸 것 같다. 그리고 눈이 시리도록 푸른 신록. 초록의 단조로운 색깔이 묽어졌다 진해졌다 찬란하기까지 하다.

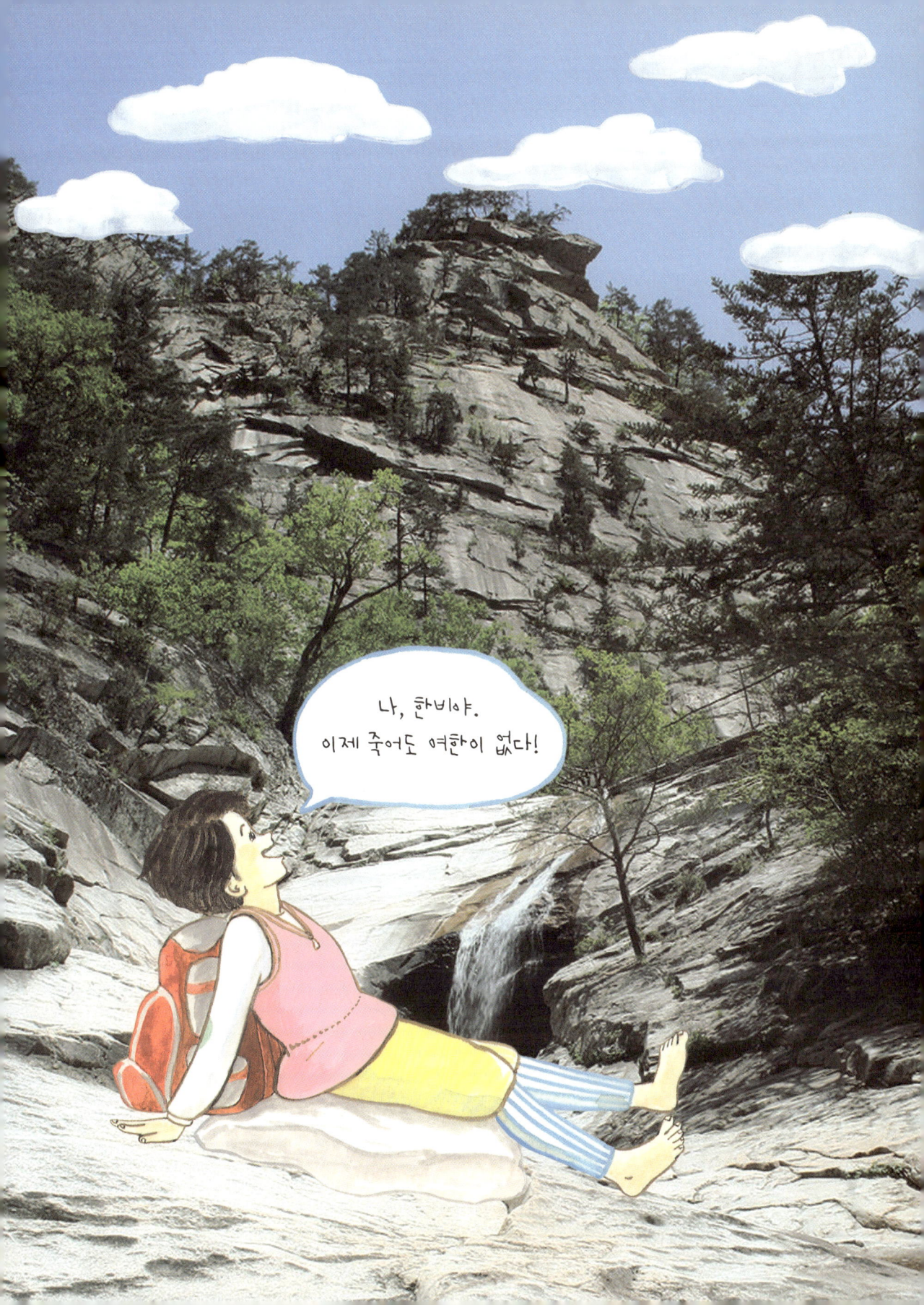

양폭 산장 거의 다 와서 폭포가 흐르는 지점. 친구 서너 명이 앉아 놀기 맞춤한 정자 바위에서 두 발을 뻗고 쉬면서 좌우를 둘러본다. 그림을 둘러친 것 같은 기암절벽. 그사이를 굽이치며 크고 작은 소(沼)를 만드는 물이 얕은 곳, 깊은 곳에서 각각 흰색, 초록색으로 달라진다. 색깔만 달리하겠나? 졸졸졸 흐르는 물, 폭포를 이루는 물, 커다란 웅덩이에 갇혀 있는 조용한 물. 흐르는 모양도 가지가지다.

넋을 놓고 한참 보고 있자니 저절로 침이 꼴깍 넘어간다. 절벽과 계곡이 기막히게 어우러진 천불동 계곡 하나만으로도 설악산 이름값을 톡톡히 하고도 남는다. '입산 금지' 덕분에 이틀간 설악산을 홀로 가졌다. 산의 정기도 듬뿍 받았다. 나, 한비야 이제 죽어도 여한이 없다.

내게 입산 허가를 내준 국립 공원 관리 공단과 설악산에게 뭔가 보답할 일이 없을까 하다가 중청에서 커다란 쓰레기봉투를 얻어 하산 길에 쓰레기를 줍기로 했다. 몇 달 동안 사람이 다니지 않았기 때문에 등산로에는 쓰레기가 거의 보이지 않았지만 조금만 눈여겨보면 바위틈에 숨겨 놓은 것이 많고도 많다. 과자 봉지, 음료수 캔, 일회용 도시락 박스 등. 나쁜 놈들이다. 버리려면 잘 보이는 데에나 버릴 일이지. 산 아래로 내려갔다 올라갔다 하며 주운 쓰레기가 배낭 부피보다 커졌다.

한번은 라면 봉지를 주우러 비탈진 곳을 내려가다가 오른쪽 발목을 심하게 접질렀다. 갑자기 정신이 아찔해져서 한동안 그 자리에 앉아 있었다. 비선대를 거의 다 와서 그나마 다행이다. 내일은 걷기가 불편할 것 같다. 쓰레기 '짱박아' 놓은 놈들, 진짜 못됐다.

무릎아, 며칠만 더 봐주라

엎어진 김에 쉬어 간다고 발목 삔 김에 하루 쉬기로 했다. 하루 종일 먹고 자고 텔레비전 보고 또 먹고 잤다. 자는 것도 정도가 있지 오후가 되니 허리가 아파서 도저히 누워 있을 수가 없다. 거울을 보니 얼굴도 붓고 손도 부었다. 너무 오래 누워 있어서 그런 것 같다. 종아리도 탱탱 붓고 허벅지까지 돌덩이처럼 딱딱해졌다. 무릎도 욱신거린다. 근육과 관절을 푸느라 뜨거운 물에 한참을 담그고 있었는데도 마찬가지다.

얼굴과 손이 붓는 것이야 보기에 안 좋아도 걷는 데는 별 상관이 없어 괜찮지만 발과 다리는 신경이 쓰인다. 발등과 발목이 부은 것은 접질려서 그런 거니까 내일이면 가라앉겠지만 무릎은 갑자기 왜 이러지? 여태껏 잘해 준 것도 고맙지만 하는 김에 마지막 일주일만 무사했으면 좋겠다.

'무릎아, 국토 종단 후에는 엄살을 부리든 짜증을 내든 파업을 하든 하자는 대로 다 할게. 며칠만 더 봐주라, 응?'

일단 붙이는 파스와 바르는 근육 로션으로 진정시켜야겠다.

속초는 설악동에서 반나절 거리다. 땅끝 남해에서 내륙으로 40일 이상 가로질러 내일이면 다시 바다를 보게 되는구나. 속초부터는 동해 바닷길을 쭉 따라가기만 하면 된다. 속초, 간성, 거진, 그다음이 이번 여

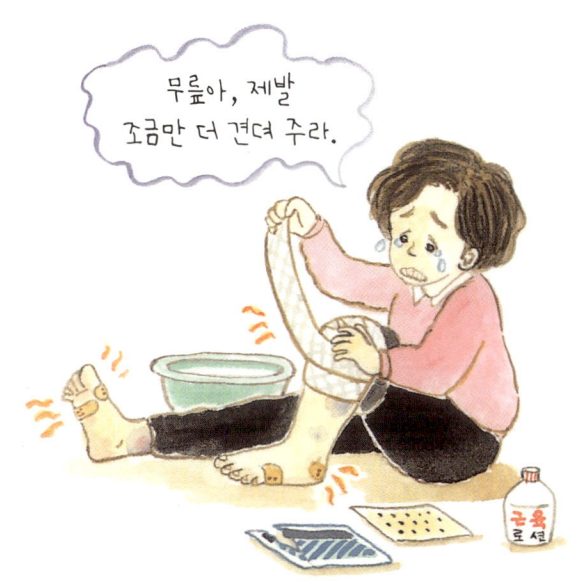

무릎아, 제발 조금만 더 견뎌 주라.

행의 목적지인 통일 전망대다. 가는 길 위에 있는 큰 도시를 꼽는데 다섯 손가락도 남아돈다. 이제 정말 며칠 남지 않았구나. 벌써부터 아쉽다.

국제화 시대에도 내 팔은 안으로 굽는다

"불법으로 가르치다 걸리면 어떻게 되는 거지?"

"그 자리에서 여권 빼앗기고 추방이에요. 가끔씩 일제 소탕령이 내려요. 그럴 땐 정말로 조심해요. 가방 안에 교재도 가지고 다니지 않고 아파트로 들어갈 때도 주위를 살피죠. 솔직히 조마조마해요. 안 걸려서 다행이에요."

늦은 점심을 먹으러 갔다가 1년간 우리나라에서 영어를 가르치고 간다는 캐나다 여자아이 켈리와 아니타를 만났다. 다음 주, 한국을 떠나기 전에 유명 관광지를 훑고 있는 중이란다. 맥 라이언을 닮은 켈리는 몸집이 자그마한 데다 짧게 자른 머리가 잘 어울린다. 주근깨투성이 아니타는 키도 크고 몸집도 커서 마치 투포환 선수 같다. 목소리도 기차 화통을 삶아 먹은 듯 크다.

세계 여행을 하면서 이 아이들처럼 우리나라에서 영어를 가르쳐 번 돈으로 여행을 다니는 사람을 적지 않게 봤다. 미국이나 캐나다, 영국이나 호주 등 영어를 모국어로 쓰는 사람들은 물론, 네덜란드나 벨기에 등 비영어권 유럽 사람들도 여러 명 만났다. 한국과 대만, 일본 등이 돈벌이하기에 좋다고 소문이 나 관심이 높다고 한다. 학교나 학원에서 정식으로 초청받기가 몹시 번거롭고 까다로워서 대부분 관광 비자로 와서 불법으로 가르치고 있다.

"그래서 돈은 많이 벌었어?"

"1년 동안 아시아를 여행할 만큼은요."

둘은 서로를 바라보며 환하게 웃는다.

자리를 옮겨 맥주를 마시면서 이야기꽃을 피웠다. 내가 얼마 전에 세계 일주를 마쳤다니까, 술은 얼마든지 살 테니 아시아 지역 여행 정보를 알려 달란다. 나는 이들이 한국을 어떻게 보고 있나 궁금해서 그러기로 했다.

"한국에 와 보니 뭐가 제일 이상하디?"

내가 물었다.

"여자들이 똑같은 옷 입고, 똑같이 화장하고 다니는 거요. 그러지 않아도 똑같이 생겼는데, 다들 복제 인간인가 싶을 정도여서 무척 신기했어요."

켈리가 말했다.

"나는 고등학교 아이들이요. 한국에 온 지 얼마 되지 않을 때였어요. 중·고등학생에게 주말에 제일 하고 싶은 일이 무엇이냐고 물었더니 실컷 자는 것이라고 해서 깜짝 놀랐어요. 잠을 자는 것이 소원이라니. 나중에야 그 아이들이 대학에 들어가는 날까지 주말도 없이 새벽부터 밤까지 공부해야 하는 운명이라는 것을 알았어요. 진짜로 불쌍해요."

아니타의 말이다.

"가는 마당에 솔직히 한번 말해 봐. 한국 사람들, 뭐가 제일 싫었니?"

이런 질문을 할 때는 기분 나빠질 각오를 해야 한다. 선교사나 사업가 혹은 노동자로 한국에서 오래 살았던 외국인 친구들에게 물어보면 좋은 소리보다 듣기 싫은 소리를 더 많이 하니까. 특히 이란, 네팔, 방글라데시에서 와서 불법으로 일했던 사람들의 얘기는 물어보기가 무서울 정도다.

켈리와 아니타는 틀에 박힌 사고방식, 젊은이들의 비전 없음, 남자들의 보수적인 성향과 술버릇, 공중도덕 없는 것, 잘 웃지 않는 것 등을 지적했다. 요즘에 봇물처럼 쏟아진 '자아 비판서'에서 한 번씩은 언급되었던 것들, 우리들이 잘 알면서도 고치지 못하고 있는 것들이었다.

그날 헤어지면서 일주일 후면 아시아 여행길에 오른다는 그들에게 내 호신용 가스총을 주었다.

"여행 중에 필요할 거야. 아끼는 것 주는 거니까 여행 다니면서 한국에 대해서 말 잘해 줘야 해."

아이들은 한쪽 눈을 찡긋하더니 고개를 끄덕이며 환하게 웃었다. 국제화 시대에도 내 팔은 안으로 굽는다.

나는 한국인이다

그날 저녁 숙소에 돌아와서 '객관적인 우리'라는 것에 대해서 곰곰이 생각해 보았다. 사실 다른 나라와 교류가 별로 없었을 때는 우리가 누구인가, 우리 문화는 어떤 것인가에 대해 몰라도 괜찮았다. 하지만 인터넷만 접속하면 지구 반대편에서 무슨 일이 일어나는지 낱낱이 알 수 있는 데다, 세계의 다양한 문화를 손쉽게 접할 수 있게 된 지금도 과연 그럴까?

우리가 만약 우리 자신을 잘 알지 못한다면 물밀듯 밀려드는 다른 문화와의 충돌과 혼란을 피할 수 없을 것이다. 이런 상황에 휩쓸리지 않고 제대로 대처하기 위해서는 먼저 우리 자신을 잘 알아야 한다. 우리는 오랫동안 단일 민족이라는 점을 강조하며 살았기 때문에 다른 문화에 대해 열린 태도나 객관적인 태도를 갖기가 어려웠다.

여행을 다니다 보면 배낭족들이 모인 자리에서 우리나라를 소개해야 할 때가 많다. 여행 초기에는 교과서에서 배운 대로 반만 년 역사와 세계 최초의 금속 활자, 단일 민족 등을 자랑삼아 얘기했다. 그럴 때마다 여행자들의 반응이 한결같았다.

"그래서?"

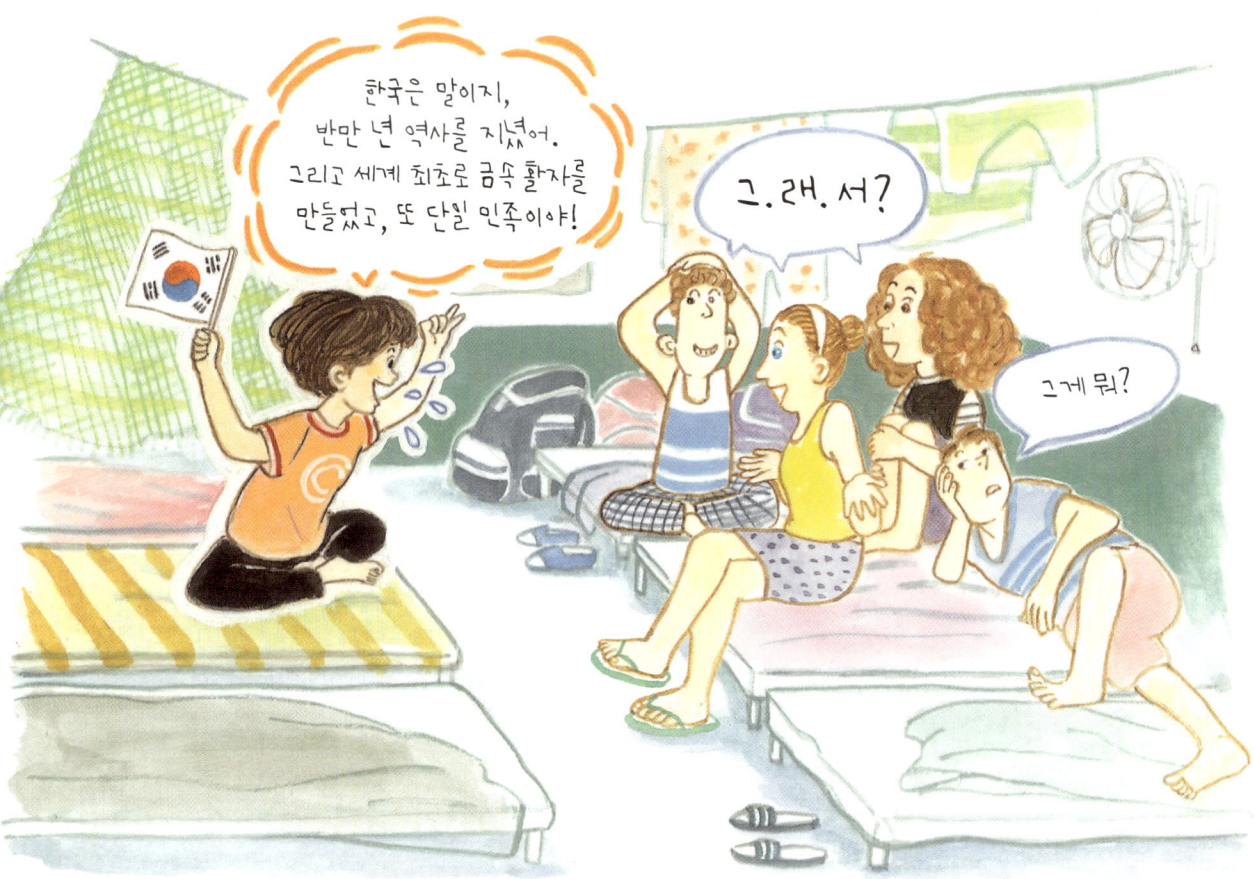

처음에는 이런 반응에 적잖이 당황했다. 당연히 "그래요?" 하며 존경과 부러움을 담은 놀람을 기대했는데 "그래서?"라니. 횟수가 거듭되면서 이들의 "그래서?"는 이런 뜻이라는 것을 알았다. 5천 년이라는 시간 자체가 세계 역사에 무슨 기여를 했다는 말인가, 금속 활자 발명이 세계 문명사에 어떤 흔적을 남겼단 말인가? 단일 민족이라니? 그러려면 반만 년 동안 단 한 명도 다른 민족과 결혼하지 않았다는 얘기인데 그런 것이 현실적으로 가능한가 하는 것이다.

나쁜 뜻은 전혀 없다. 그저 그것을 자랑스럽게 생각하는 우리를 신기하게 생각하는 거다. 이불 안에서 활개 치듯 객관성 없이 '우리만' 자랑스러워했던 건 아닌가 돌아보게 된다.

그러면 세계화를 지향하는 이때에 민족주의는 마땅히 버려야 하는 것일까? 그건 절대 아니다. 평소에 나는 세계는 지구촌이고, 나는 거기에 속한 한 시민이라고 생각한다. 서아시아의 아프가니스탄 전쟁터에서 노는 아이도 내 조카처럼 느껴지고, 세계 곳곳에서 벌어지고 있는 인종 청소도 우리가 다 같이 풀어야 할 문제라고 여긴다.

하지만 아무리 이런 생각을 가졌다 하더라도 내가 다른 나라에 가려면 꼭 필요한 것이 한 가지 있다. 바로 내가 대한민국 국민이라는 것을 증명해 주는 여권이다. 국경을 넘을 때 나는 '세계 시민'이 아니라 한 사람의 '한국인'이어야 한다. 다른 나라를 넘나들 때 여권이 있어야 하는 것처럼 세계를 무대로 일하기 위해서는 우리가 한국인이라는 것을 확실히 하지 않으면 안 된다.

전 세계가 인터넷으로 연결되어 국경이 없어 보여도 아직까지 세계를 구성하는 단위는 개인이 아니라 국가나 민족일 수밖에 없다. 그렇게 본다면 나는 한국인, 그리고 한국이라는 단위에 속해 있다. 아무리 좋은 컴퍼스라도 축이 단단해야 동그란 원을 그릴 수 있듯이 한국인이라는 축이 꼭 필요하다. 보다 크고 동그란 원을 그리고 싶다면 가운데 축이 흔들리지 않게 더욱더 꼭 잡아야 하는 것 아닐까?

아주마이는 어째 이렇게 걸어 다니오?

도보 여행 46일째. 통일 전망대까지 앞으로 약 60킬로미터. 온몸에서 파스 냄새가 진동을 한다. 오른쪽 발목의 부기도 여전하고, 오른쪽 무릎이 반복적으로 삐끗거리며 시리다. 누가 옆에 있으면 실컷 엄살을 부리고 싶다. 하지만 세상에 공짜가 어디 있나? 일생에 한 번 마음먹고 하는 국토 종단인데, 이 정도도 힘들지 않으면 오히려 이상한 거다.

설악동에서 척산 온천까지의 내리막도 멋진 봄 길이다. 활짝 핀 벚꽃이 가느다란 실바람에도 흩어 떨어져 나무 밑에 하얀 꽃방석을 만든다. 그리고 신록. 꽃도 아닌 나무 이파리에 이렇게 아름다울 수 있을까? 방금 나온 듯한 연초록의 새 이파리들에 눈이 시리다. 나무의 몸통과 가지도 까맣게 물이 올라 어여쁘다. 옷을 갈아입지 않는다는 소나무까지 연두색 솔잎이 새로 나와서 초록색을 더 진하게 만든다. 곧 손톱만 한 새끼 솔방울이 달리면 노란 송홧가루를 날리겠지.

"썩세 빠졌구먼.(아주 억척스럽구먼.) 아, 그 길을 왜서 걸어서 가녀?"

청간정 난간에서 만난 멋쟁이 할머니 한 분이 걸어서 통일 전망대까지 가는 중이라는 내 말을 듣더니 하는 말이다. 그러고는, "나도 시집오기 전에는 엄청 돌아다녔지. 이 근방에서 내 나이 여자가 강릉 다녀온 사람 있으면 나와 보라고 혀." 하신다.

속초에서 강릉 갔다 온 것이 큰 자랑이신 할머니, 내가 세계 일주를 했다고 하면 어떤 표정을 지으실까? 잠깐 쉬고 좀 더 걸을까 했는데 거기 모인 어르신들 얘기가 하도 흥미로워서 떨치고 일어날 수가 없었다.

속초 청호동에 사시는 할아버지 이야기가 특히 그랬다. 함경도 흥남이 고향이라는 할아버지가 남한으로 내려와 사시던 곳은 38선과 만세 고개에 걸쳐 있어 한국 전쟁 중에 여러 번 이남과 이북이 바뀌었던 지역이라고 한다. 마지막으로 피난 내려올 때도 며칠 있으면 다시 올라가겠거니 생각하고 잠깐 짐을 부린 것이 오늘에 이르렀단다. 이렇게 내려온 북한 피난민들 때문에 조그만 어촌 마을에 불과했던 속초가 오늘날과 같은 도시의 꼴을 갖추게 되었는데, 지금도 70세 이상의 속초 사람들 가운데 60퍼센트가 실향민이란다.

식구들을 그대로 두고 자기 한 몸만 내려오셨다니 외롭기는 얼마나 외로웠을 것이며, 잠깐 피해 내려온 것이니 뭘 변변히 가지고 왔겠는가? 하도 배가 고파 복어알도 숱하게 먹었는데 죽지 않고 여태까지 산 것만도 다행이라며 쓸쓸히 웃으신다. 재산 모을 생각이 없으니 버젓한 일자리도 없고 맘 붙일 데 하나 없지만, 언젠가는 돌아간다는 생각에 결혼도 하지 않고 살아온 이 할아버지 같은 사람이 흔하단다.

"아주마이는 어째 이렇게 걸어 다니오?"

내일 모레가 여든이라는 할아버지들이 하나같이 어찌나 억센 함경도 사투리를 쓰는지 꼭 북한에 온 것 같다. 우리에게는 막연하게만 느껴지는 분단의 아픔이 이들에게는 하루도 생각하지 않고는 지낼 수 없는 일상인 것이다. 1953년 휴전하던 날부터 지금까지 통일을 하루하루 손꼽아 기다리는 사람들이 사는 마을. 속칭 아바이 마을 사람들이다.

지도 한 장의 힘

어제 숙소에서 김지선이라는 귀여운 아가씨를 만났다. 내 책을 모두 읽은 열혈 독자답게 커피 자판기 앞에서 나를 보자마자 반가워서 어쩔 줄을 몰라 했다.

"한비야 언니, 맞죠? 그렇죠? 신문에 난 걸 보고 지금쯤 동해안을 걸을 거라고 생각했지만 이렇게 만날 줄은 꿈에도 몰랐어요."

커피를 한 잔씩 들고 로비 의자에 앉았다. 지선이는 처음 만나는 내게 자꾸 고맙다고 한다. 몇 년간 증권 회사에 다니다가 자기 한계를 느껴 뭔가 다른 일을 찾던 참에 내 책을 읽고 용기를 냈단다. 일단 회사를 그만두고 미처 끝내지 못한 대학 공부를 마저 하는 것부터 시작할 거란다.

"이번 국내 여행기는 언제쯤 나와요?"

당연히 내가 책을 쓸 것으로 알고 있다. 사실 이번 여행 내내 이걸 써야 하나 말아야 하나 고민하고 있었다. 물론 처음 시작할 때는 전혀 계획이 없었다. 세계 여행이라면 모를까 남들도 다 하는 국내 여행인데, 책으로 낼 만큼 신기한 것이 있겠으며 하고 싶은 말이 많을까 하는 생각에서였다. 그런데 이 주일쯤 지나니까 생각이 달라지기 시작했다.

'이건 특별한 경험이구나. 식구들과 친구들에게 빨리 말해 주고 싶다.'

얼마 후 갈등하는 나를 자극하는 놀라운 사실을 알게 됐다. 중간에 잠깐 서울에 다니러 갔을 때 참고나 할까 하고 교보문고에서 도보 국토 종단기를 찾았는데, 뜻밖에도 그와 관련된 책이 한 권도 없었다.(2000년대 초에는 그랬다. 물론 지금은 훌륭한 여행서들이 많이 나와 있지만.)

'그럴 리가 있나? 수많은 사람들이 하는 국토 종단인데.'

혹시나 하고 도서관에 검색을 부탁했는데 문화유산 답사기나 자동차 여행기, 산행기는 많아도 도보 종단기는 없다고 했다.

'국토 종단기가 없다니 나라도 기록을 남겨 놓는 것이 좋지 않을까?'

그런 생각이 들기 시작했다. 앞으로 나와 같은 여행을 할 사람들에게는 참고가 되어 좀 더 알찬 계획을 세우게 할 수 있을 것이고, 막연히 엄두를 내지 못하는 사람들에게는 '나라고 못 할쏘냐?' 하는 자신감을 줄 수도 있을 것이다. 아, 어떻게 할까!

귀하고도 고마운 내 땅

청간정에서 송지호 해수욕장을 지나 간성까지 가는 길. 짠 바다 냄새가

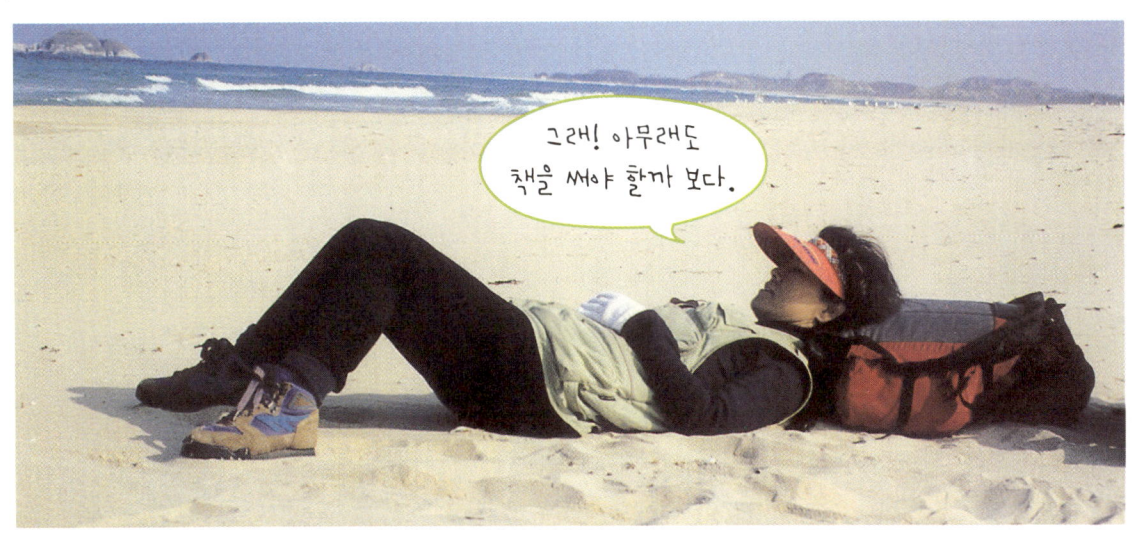

난다. 바람도 몹시 분다. 다리도 쉴 겸 폼도 잡을 겸 바닷가 모래사장을 찾았다. 그러나 어디를 가도 철조망이 쳐진 군사 지역이다. 여름철에만 개방하는 해수욕장도 지금은 출입 금지. 모른 척 들어가려다가 총 든 군인들에게 제지를 당했다.

이미 나는 은근슬쩍이 통하지 않는 동네에 와 있었다. 이리저리 구걸하는 양 기웃거리다가 공현진에 와서야 드디어 해변으로 들어갈 수 있었다. 모래사장에 신발을 벗고 큰 대 자로 누웠다. 모래가 차갑다. 바람은 더 차갑다. 껴입을 만한 옷은 다 꺼내 입었더니 그럭저럭 참을 만하다.

푸른 바다를 배경으로 해안에서 부서지는 하얀 파도, 푸른 하늘에 떠 있는 하얀 구름. 어디까지가 수평선인지 구분이 가지 않을 정도로 하늘과 바다 색이 비슷하다. 갈매기가 사람 무서운 줄 모르고 코앞에서 왔다 갔다 한다.

바닷길을 조금 걸어 본다. 조개가루가 섞인 모래가 특별한 소리를 낸다.

이게 바로 소리 나는 모래, 명사(鳴沙)구나. 이중환은 《택리지》에서 "동해 안의 모래는 빛깔이 눈같이 희고 사람이나 말이 밟으면 소리를 내는데 그 소리가 쟁쟁하여 마치 쇳소리와 같다. 특히 간성과 고성 지방이 더 그렇 다."라고 했다. 여기가 고성군이니 그게 바로 이 소리였나?

서걱서걱, 쓰윽쓰윽. 서걱서걱, 쓰윽쓰윽.

바닷바람에 몸이 오싹하지만 실려 오는 냄새가 정말 좋다. 가까운 사람 들에게 이 소리, 이 내음, 이 느낌을 전해 주고 싶다.

'그래, 지선아! 아무래도 책을 써야 할까 보다.'

자기 전에 지도책을 꺼낸다. 오늘 걸은 길을 표시하고 나서 버릇처럼 이 리저리 뒤적거린다. 언제나 느끼는 거지만 지도는 요술쟁이다. 볼 때마다 새로운 것이 자꾸 나타나니 말이다. 나는 지도를 굉장히 좋아한다. 어릴 때나 지금이나 틈만 나면 들여다보며 시간 가는 줄 모르는 최고의 장난감 이자, 유난히 길눈 어두운 나를 이끌어 주는 여행 필수품이다. 세계 일주 를 계획할 때나 여행할 때는 세계 지도만 보았는데, 요즘에는 하루에도 몇 번씩 우리나라 지도를 들여다본다.

우리 국토의 크기 약 22만 제곱킬로미터. 세계 육지 면적이 약 1억 5천만 제곱킬로미터이니, 비율로만 보면 겨우 전 세계 면적의 7백 분의 1이다. 세 계 지도가 조각 그림 맞추기라면 우리나라는 작은 조각에 지나지 않겠지 만, 이곳이 바로 어느 곳도 대신할 수 없는 귀하고도 고마운 내 땅이다.

전에 누가 이런 소리를 하면 듣는 것만으로도 낯간지러웠다. 그리고 되 묻고 싶었다. 진짜 그렇게 생각하느냐고. 그런데 세계 여행을 한 뒤에 생각이 달라졌다. 서아시아의 떠돌이 쿠르드족이 자기 땅 없이 얼마나 비참하게 살고 있는지, 조상으로부터 물려받은 삶의 터전을 두 눈 멀쩡히 뜨고 빼앗긴 팔레스타인 사람들이 어떤 값을 치르고 있는지, 중국에 점령당한 티베트 사람들이 제 나라를 되찾기 위해 얼마나 많은 피를 흘리고 있는지, 아프가니스탄·소말리아·니카라과 난민들이 어떤 고통을 받고 있는지 직접 보고 나니 내 땅 내 나라가 얼마나 소중한지 한층 더 절실하게 느껴진다.

우리나라를 흔히 토끼 모양이라고 한다. 그것도 귀가 잡힌 토끼. 그렇다고 보면 그렇게 볼 수도 있다. 그러나 예로부터 우리 국토는 오른손을 약간 위로 들고 있는 호랑이 모양이라고 여겼다. 백두산은 호랑이의 코끝, 평양은 가슴, 서울은 배, 백두대간은 등뼈, 지리산과 덕유산은 넓적다리, 부산은 척추의 끝이다.

우리 땅을 수십 년에 걸쳐 수십 차례 돌고는 '청구지도'와 '대동여지도'를 만든 고산자 김정호 선생은 각 도별 지도를 한 장의 전도로 맞춰 완성하는 순간, "아, 한 마리 포효하는 호랑이로다." 했다는 얘기가 전해 온다.

귀 잡힌 토끼든, 뛰어나갈 듯한 호랑이든 땅 모양을 어떻게 보느냐가 무슨 상관이냐고 할 수도 있겠지만 이왕이면 다홍치마다. 호랑이를 갑자기 토끼라고 했던 세력의 의도가 의심스럽거니와, 사람이든 국토든 누구한테 잡혀 있는 꼴로야 어떻게 제대로 살아갈 수 있겠는가. 뛰어나가려는 호랑이가 백번 천번 낫다.

이번 여행 중에 충청도 어딘가에서 어떤 아저씨가 이렇게 말했다.

"왜 그렇게 돌아다닌대유우? 여자 김정호인가 벼어."

우리나라에 제대로 된 지도를 남겨야 한다는 생각 하나로 평생을 방방곡곡 다니셨던 그분과 '놀러 다니는' 나를 비교하는 것이 송구스럽지만 한편으로는 기분이 좋기도 하다. 김정호 선생은 긴 세월의 체험을 통해 이런 말을 남겼다.

"애국은 그 땅과 그 땅의 사람들을 사랑하는 것이라, 땅을 모르면 그 땅을 사랑할 수 없다."

지금 국토를 걷고 있는 내게는 가슴에 확 와 닿는 말이다. 내 발로 직접 걸으며 내 눈으로 직접 보고 내 가슴으로 직접 느낀 국토는 더 이상 지도 위의 한 조각 땅덩어리가 아니다. 그 땅 위에 있는, 거기에 뿌리 내리고 사는 모든 것이 사랑스럽고 정이 간다. 김정호 선생의 말씀에 내 생각을 더해 조금 달리 말해 봐도 그럴듯하다.

"애국은 그 땅과 그 땅의 사람들을 사랑하는 것이라, 그 땅을 사랑하려면 제 발로 국토를 한번 걸어 보아야 한다."

이제 딱 하루

국토 종단 48일째. 몽구미, 할야, 봉포 등 동네 이름이 참 예쁘다. 고성, 간성, 가진, 거진, 대진처럼 비슷한 이름도 많다. 오늘은 화진포를 거쳐 통일 전망대 입구인 마차진까지 갈 예정이다.

여전히 바다가 보이는 길을 걷고 있다. 길이 널찍하니 잘 닦여 있다. 햇볕도 좋고 바람도 적당히 분다. 여행이 끝나려니까 연일 날씨가 좋다. 지

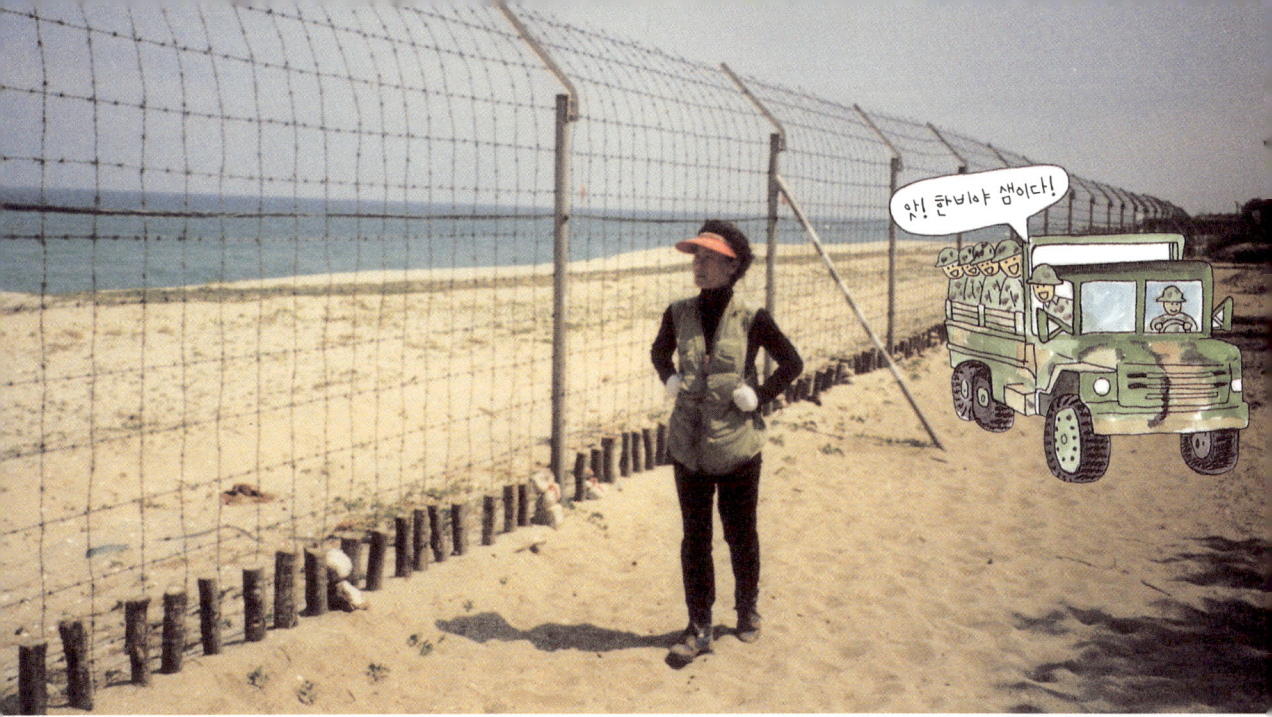

난 한 달은 내내 비가 오더니 그동안의 심술을 사과라도 하려는 건가. 어쨌든 고맙다.

"이곳은 군사 작전 구역이므로 민간인의 출입을 엄금함."

어디를 가나 해안선을 따라 가시철조망이 쳐져 있고, 그 앞에는 작은 돌멩이가 삼단으로 쌓여 있다. 군데군데 헬리콥터 착륙장도 보이고, 군사 훈련장도 보이고, 경고문이 사방에 붙어 있다. 얼룩무늬 지프도, 군인을 가득 태운 트럭도 많이 다닌다. 군인들이 내가 앉아 있는 버스 창을 향해 차 안팎에서 자동인형처럼 부동자세로 '충성' 하며 거수경례를 하는 것이 이채롭다. 여기는 군인들이 '사람'보다 많다. 큰조카뻘밖에 되지 않을 병사들이 무척 든든하게 느껴진다. 북한이 가까워지고 있다.

내일이면 통일 전망대. 힘이 이렇게 남아 있는데 여기서 끝내야 하다니 정말 아쉽다. 북쪽으로는 더 올라가지 못하니 꿩 대신 닭이라고, 좌향좌해서 155마일 휴전선을 따라 서해까지 도보 횡단을 할까 보다.

그나저나 내일 종단이 끝나면 맨 처음 무엇을 할까? 우선 엄마와 조카들에게 전화해서 드디어 국토 종단이 끝났다고 보고해야지. 모두들 좋아서 휴대폰에서 튀어나오려고 할 거다.

천 리 길도 한 걸음부터

지난 국토 종단 길을 더듬어 본다.

800, 49, 10, 225, 150.

이 암호 같은 숫자로 이번 여행을 요약할 수 있다. 약 800킬로미터를 49일간 걸었다. 배낭 안의 살림살이 무게는 10킬로그램, 발 사이즈 225밀리미터 등산화를 신고 걸었다. 총 경비가 약 150만 원이다.

이제까지 걸어온 길, 지나온 마을, 산, 들판, 만나고 스친 사람들, 그들이 쓰던 사투리가 머리를 스친다. 그동안의 생각, 다짐, 기쁨, 설렘, 외로움, 안타까움, 눈물까지도. 돌아보니 모두 스승이었다.

이번 종단은 나에게 많은 것을 요구하기도 했지만 그것과는 비교도 할 수 없이 값진 것을 아낌없이 주었다. 내 땅을 걷는 즐거움, 땅의 정직함, 시골 사람들의 따뜻한 인정, 내 강산에 대한 사랑을 일깨워 주었다. 깨끗한 에너지도 듬뿍 받았다. 우리 국토가 어느덧 좋은 친구이자 스승이 된 것이다.

또한 국토 종단의 경험은 내게 평생 간직해야 할 중요한 가르침을 주었다. 바로 한 걸음 한 걸음의 힘이다. 너무 거창해서 엄두가 나지 않는 일도 첫 마음 변치 않고 꾸준히 하면 바라던 것을 얻을 수 있다는 깨달음이다.

여행 첫날 만났던 전라도 할머니들이 생각난다.

"오매 징한 거, 절대로 못 간당께."

그분들이 지금 내가 여기까지 와 있는 것을 안다면 얼마나 놀라실까? 뛰는 재주도, 나는 재주도 없이 그저 묵묵히 한 발짝 한 발짝을 옮긴 것이 내가 한 일의 전부다. 그런데 내일이면 목적지에 도착한다.

국토 종단이 끝나 가는 지금, 나는 이 한 걸음의 힘이 세상의 모든 경우에도 적용된다는 것을 깨닫는다. 낙숫물 한 방울 한 방울이 바위를 뚫고, 풀뿌리 한 뿌리 한 뿌리가 큰 초원을 이루고, 나무 한 그루 한 그루가 푸른 숲을 이룰 수 있다는 것을 믿게 된다. 한 사람 한 사람의 힘이 모여 세상을 바꿀 수 있다는 시민 운동의 힘도 믿는다. 한술 밥에 배부르랴. 물론 부르지 않다. 공든 탑이 무너지랴. 절대로 무너지지 않는다.

나는 국토 종단을 하며 우리 속담 하나를 확실히 검증할 수 있었다.

'천 리 길도 한 걸음부터.'

꿈을 가진 사람은 두 부류다. 꿈을 꾸는 사람과 꿈을 이루는 사람. 크든 작든 모든 꿈은 아름답다. 그러나 꿈만 꾸고 있는 사람은 전혀 아름답지 않다. 감나무에서 감 떨어지기만 기다리는 일은 꿈을 꾸는 것이 아니라 요행을 바라는 것이다. 이 세상에 요행은 없다. 꿈은 스스로의 노력으로만 이루어진다.

꿈을 이루고 싶은가? 방법은 간단하다. 내일도 모레도 아닌 오늘, 한꺼

번에 많이씩이 아닌, 한 번에 한 걸음씩 그 꿈을 향해서 걷는 것이다. 하고
싶은 일을 모두 다 할 수는 없지만 정말 하고 싶은 일을 골라서 매진한다
면 안 되는 일보다 되는 일이 훨씬 많다. 이 한 걸음의 철학은 내 어머니의
땅이 준 커다란 가르침이다.

날자, 저 넓은 미지의 세계를 향해!

민통선 군인 막사에서 대기 중이다. 여기서부터 통일 전망대까지 4킬로
미터는 민간인 통제 구역. 이 구역 안에 사는 민간인을 제외하고는 반드시
차를 타야만 지날 수 있다. 조금 기다리니 나를 호위할 두 명의 군인이 나
타났다. 이제 나는 좌우에 보디가드(감시병)를 거느리고 이 구역을 걸어서

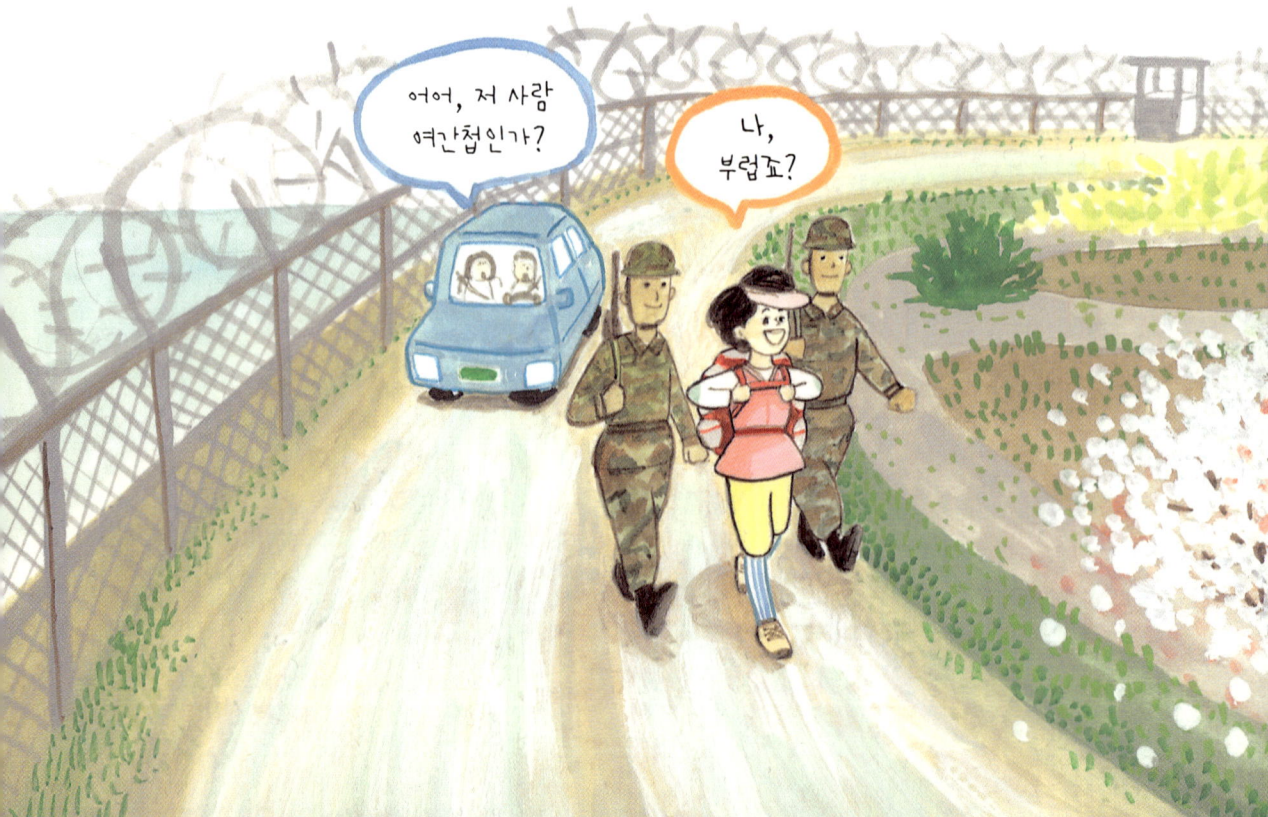

간다.

아니, 이 무슨 특혜냐고? 도대체 누구 빽이냐고?

배 아프면 세계 일주를 하다가 말라리아 예방약 부작용이 나면 된다. 그리고 여행을 잠시 쉬는 동안 책을 쓰면 된다. 그 책을 어느 육군 대대장이 읽고 열렬한 팬이 되었다. 그분이 나의 국토 종단 계획을 알고는 이곳 대대장에게 부탁해서 민간인 통제 구역을 걸어서 갈 수 있도록 해 준 것이다.

통일 전망대로 오가는 승용차들이 통제 구역을 걸어가는 나를 이상한 눈길로 쳐다본다. 이상하겠지. 군인의 호위를 받으며 걸어가는 등산복 차림의 여자. 생포한 무장 공비라고 생각할지도 모르겠다.

앞뒤좌우를 둘러보느라 걸음이 제대로 걸어지지 않는다. 거기에는 내가 여태껏 맞이한 봄 중에서 가장 아름다운 봄이 펼쳐져 있었다. 꽃이면 꽃,

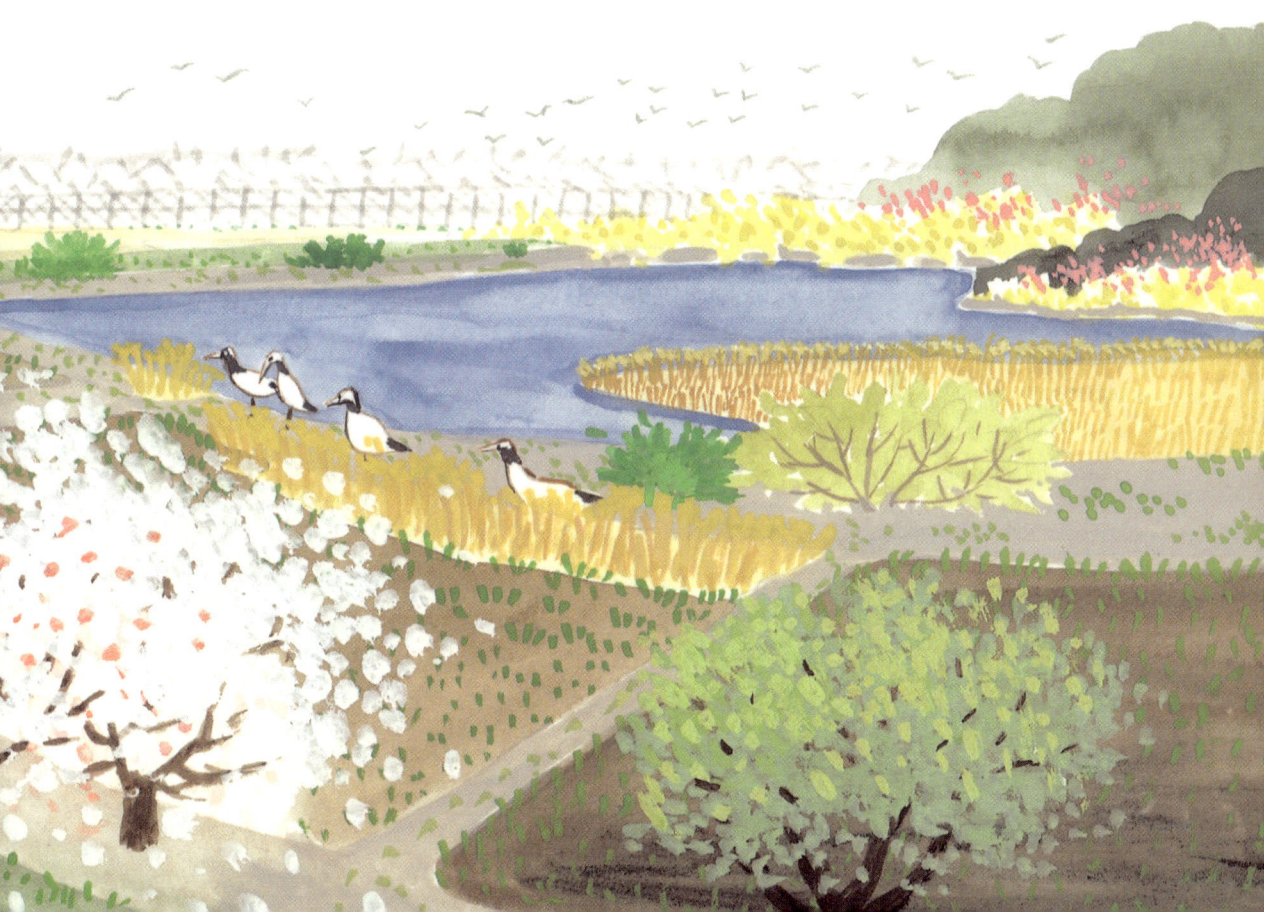

나무면 나무, 멀리 바다가 보이는 밭, 한두 발짝씩 뒤로 물러선 나지막한 산, 그리고 향긋한 흙냄새. 양손의 엄지, 검지 손가락만으로 네모를 만들어 들여다보면 어디든 한 장의 그림엽서다. 50년 전에는 전국의 산하가 이랬 겠지. 참으로 깨끗하고 조용하다. 뭔가 엄숙한 분위기도 감돈다.

쿵쿵쿵쿵. 군인들의 발걸음이 나보다 빨라서일까? 보조를 맞추느라 잰 걸음으로 걸으니 숨이 턱까지 차고 심장이 뛴다. 심장 뛰는 소리가 천둥소리처럼 크게 들린다. 아니 아니, 이건 나한테서 나는 소리가 아니다. 지금 내게 들리는 것은 우리 국토의 동맥이 뛰는 소리일 거다. 내 땅의 맥박 소리가 틀림없다.

마지막 2킬로미터. 간간이 바닷바람이 불어와 땀을 식히지만 가슴이 뜨거워진다. 가슴이 벅차 와서 자꾸만 심호흡을 하게 된다. 조금만 있으면 국토 종단의 목적지, 아니 세계 일주의 목적지에 닿게 된다. 지구를 한 바퀴 돌고 우리 땅을 한 줄로 쭉 걸어서, 7년이 걸려서.

드디어 통일 전망대에 오르다

오후 2시, 마침내 통일 전망대에 닿았다.

마지막 발을 내디뎠을 때 감격하여 눈물이라도 날 줄 알았는데 의외로 담담해서 나도 놀랐다. 바글거리던 수학여행 학생들과 단체 관광객이 썰물 나가듯 빠져나간 후 학처럼 서 있는 전망대 망원경 앞에 홀로 섰다. 쾌청한 날씨 덕분에 금강산 1만 2천 봉의 마지막 봉우리라는 낙타봉 너머

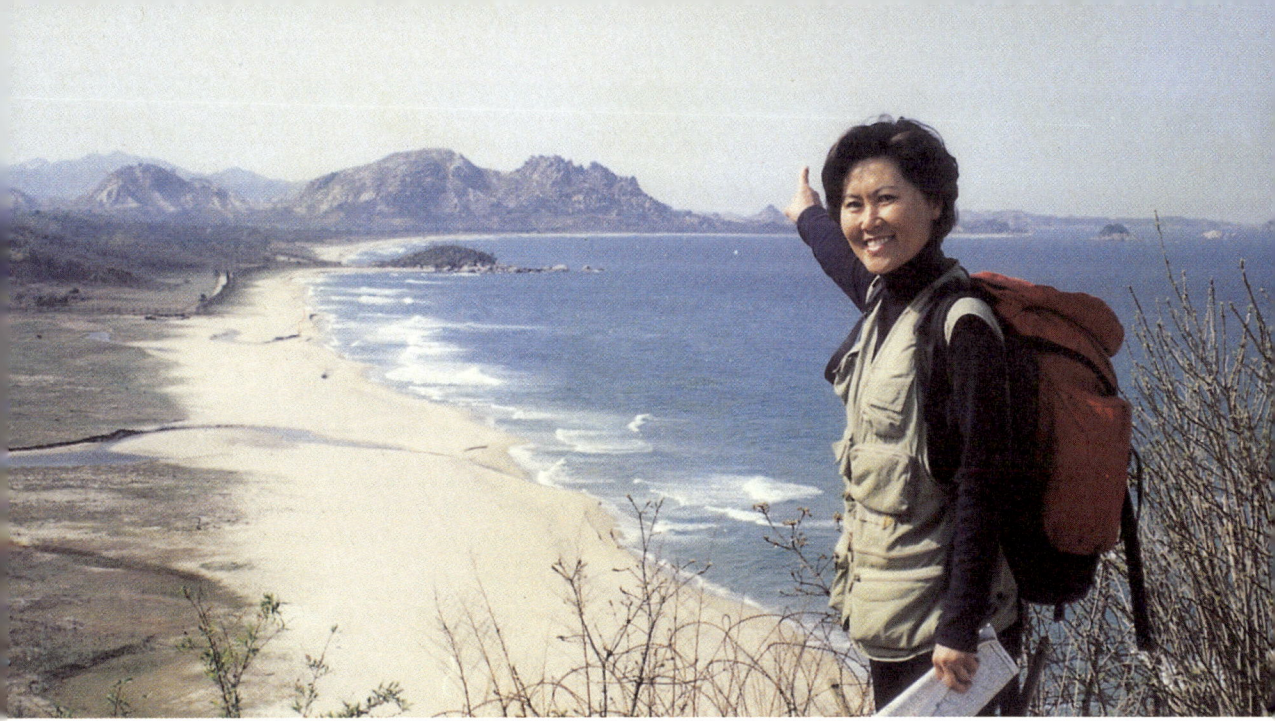

말무리 반도가 손에 잡힐 듯하다. 155마일 휴전선의 동해안 시발점이자 비무장 지대의 남방 한계선이 한눈에 내려다보인다. 철조망 뒤로 펼쳐져 있는 푸른 바다가 눈부시다.

해가 아직 4시간이나 남았다. 이대로라면 4킬로미터는 충분히 갈 수 있는데. 그러면 오늘 중에 저 말무리 반도에 닿을 텐데. 그런데 이게 뭔가? 철조망이 가로막혀 더 이상은 한 발짝도 앞으로 갈 수 없다. 겨우 이건가? 겨우 이 철조망 때문인가? 이게 60년 민족 분단의 실체란 말인가? 세계에서 유일한 분단 국가의 실체란 말인가?

이제야 콧등이 찡해 온다. 분함과 안타까움이 작은 가슴속에 범벅이 된다. 이번 국토 종단은 여기서 끝내야 한다. 그러나 국토 종단은 아직 끝나지 않았다.

20××년 ×월 ×일

뜻하지 않게 중단되었던 도보 국토 종단을 다시 시작한다. 여기는 강원도 옛 통일 전망대 자리.

오늘의 목적지 : 고성군 온정리 금강산 입구

날씨 : 맑음

배낭을 둘러메고 국도변을 걷는다. 길가 밭에서 김을 매던 아주머니가 바쁜 일손을 멈추고 궁금증을 참지 못해 묻는다.

"어데를 가지비?"

"함경북도 온성이요."

"이 에미나이, 거기가 어디라고 걸어가려고 하지비. 못 간단 말입니다."

사투리만 달랐지 어디서 많이 들어 본 말이다. 이런 일기를 쓸 날이 하루 빨리 오기를 북녘 땅을 향해 있는 성모상, 미륵불상, 십자가에 대고 빌어 본다.

철조망 위의 푸른 하늘과 철조망 아래의 푸른 바다가 아름답다. 무심하게 그 바다를 바라보고 있자니 조금 전 어지러웠던 마음이 고요해진다. 그리고 잔잔해진 마음 위에 한 줄기 뿌듯한 자각이 스민다.

'오랫동안 가지고 있던 꿈 하나를 지금 막 이루었구나.'

끝은 시작의 다른 말이라고 했던가? 내 마음은 벌써 나도 모르게 또 다른 꿈을 향해 달음질치고 있다. 새로운 꿈을 향해 갈 내 인생의 다음 장에는 무엇이 기다리고 있을까? 나는 또 어떤 시간들을 보내게 될까? 궁금하기는 하지만 두렵지는 않다.

　푸드득. 가까운 숲에서 새가 한 마리 날아오른다. 무슨 새인가 알아볼 틈
도 없이 순식간에 하늘로 솟아올라 까만 점이 되면서 눈앞에서 사라진다.

　아, 내가 찾고 있는 행복의 본질은 다름 아닌 저 새가 누리
고 있는 길들여지지 않는 자유가 아닐까? 나도 날아오르고
싶다.

　더 높이, 더 멀리. 두 날개를 활짝 펴고.

　저 넓은 미지의 세계를 향해서.

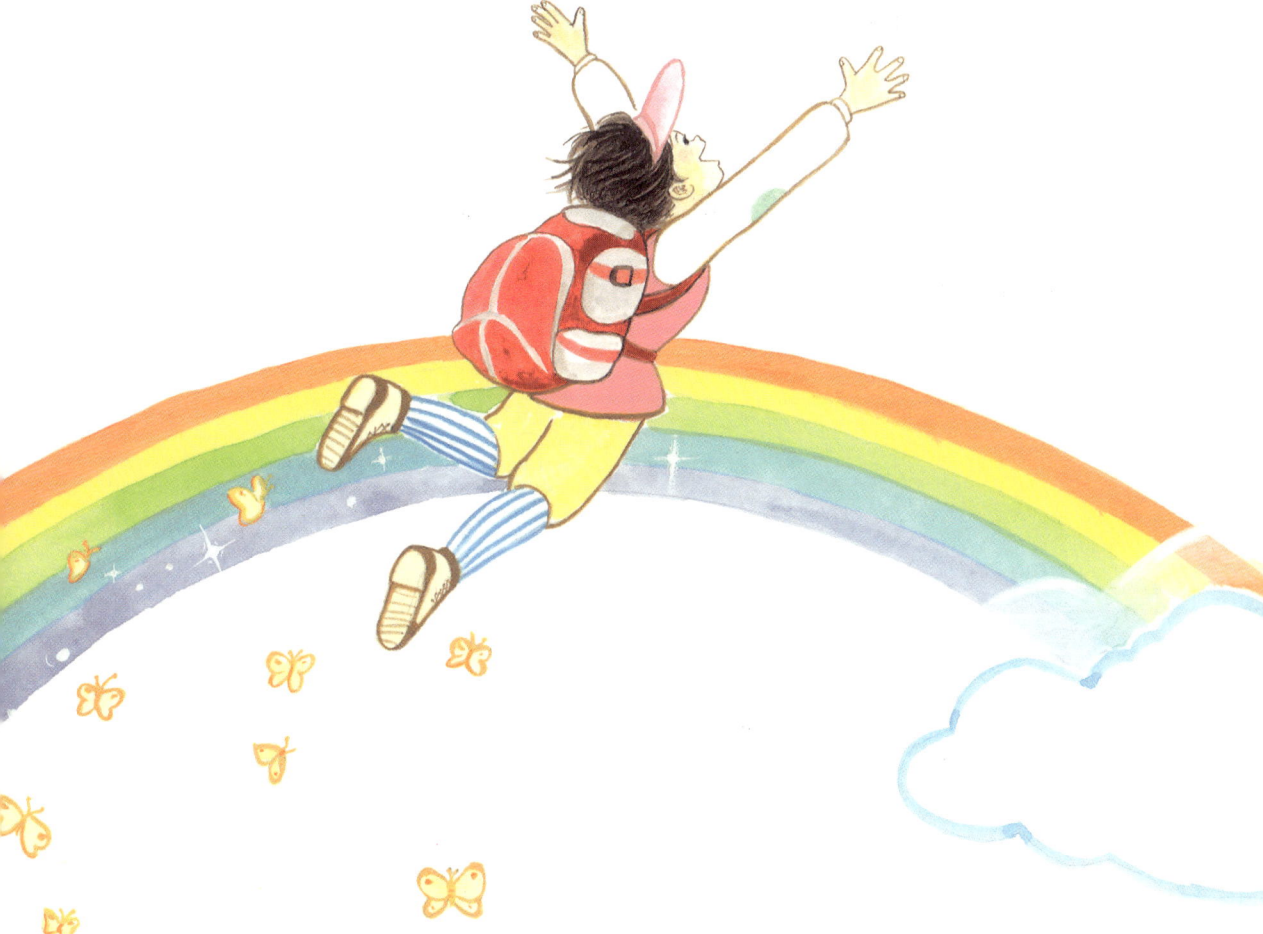

한비야가 추천하는
도보 여행 베스트 코스

이번 국토 종단 길 중에서 1박 2일이나 2박 3일 정도의 기간으로 초보자들도 부담 없이 즐기면서 걸을 수 있는 코스를 도별로 골라 보았다. 가는 길은 적당히 오르막 내리막이 있어 지루하지 않고, 너무 으슥하거나 번잡하지 않으며, 호수나 바다, 계곡, 산이 있는 길을 택했다. 20~25킬로미터 정도가 하루 코스로 걷기에 알맞다.

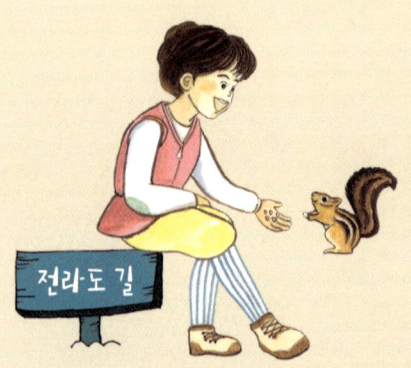

전라도 길

해남 땅끝 마을에서 영전을 거쳐 남창까지 약 24킬로미터

오르락내리락하며 바다와 숨바꼭질하는 호젓한 시골길. 바닷바람, 솔바람이 일품이다. 오른편엔 섬들이 동동 떠 있는 다도해, 왼편으로는 두륜산과 달마산이 보인다.

전라남도 담양읍에서 금성을 지나 전라북도 순창까지 약 25킬로미터

그 유명한 메타세쿼이아 가로수 길을 볼 수 있다. 특히 담양에서 금성까지의 길은 양편의 가로수가 머리를 맞대고 있어 나무 터널을 이룬다. 여름에 걸으면 시원할 거다. 다른 길도 야트막한 산과 논밭이 어우러진, 아기자기한 농촌 풍경을 맛볼 수 있다.

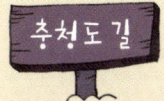

경상도 길

문경 새재 입구에서 조령 제3관문을 지나 안보까지 약 18킬로미터

걷는 사람을 위한 길이다.(조령 제1관문부터 제3관문까지는 자동차가 다니지 않는다.) 산 사이 계곡을 따라 걷는 즐거움도 있고, 흙길을 맨발로 걸어 보는 것도 좋다. 제3관문에서 안보까지는 내리막길이다.

경상북도 황간에서 삼포, 낙서를 거쳐 상주까지 약 45킬로미터

내륙으로 깊숙이 들어왔다는 느낌의 오르막 내리막 길. 시골의 정취를 물씬 느낄 수 있다.

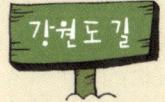

충청도 길

안보에서 미륵사지를 거쳐 월악산 송계 계곡을 따라 걷는 약 30킬로미터

빼어난 산세의 월악산 국립 공원을 내 정원인 양 거니는 즐거움을 맛볼 수 있다. 하루 종일 포근하게 산에 안겨 있는 듯한 느낌이다.

월악 나루터에서 숯갓, 봉화재를 거쳐 오티, 청풍, 금성까지 가는 약 40킬로미터

국토 도보 여행의 하이라이트 중 하나. 숯갓에서 오티로 가는 길은 산속 오솔길 느낌이다. 거기에서 좀 더 걸어가면 나지막한 산에 둘러싸인 청풍호가 한눈에 보이는 아주 아름다운 길이 펼쳐진다. 중간에 충주호 수몰 때 잠긴 유적과 민속 자료를 모아 놓은 민속촌이 있다. 대한민국 사람이면 일생에 한 번은 반드시 걸어 보아야 하는 길이라고 생각한다.

강원도 길

오대산과 구룡령을 넘어 양양군으로 가는 길(2박 3일 코스)

국토 종단 맛보기를 해 볼 사람들에게 권하고 싶은 코스다. 한꺼번에 3일을 걸을 수 없다면 이 주일에 걸쳐서 해도 좋을 길이다.

① **첫째 날 : 월정 삼거리→월정사→상원사 혹은 적멸보궁까지 약 20킬로미터**
울창한 전나무숲과 시원한 오대산 계곡이 마음까지 상쾌하게 해 준다.

② **둘째 날 : 적멸보궁에서 북대사를 거쳐 명개리까지 18킬로미터+다시 구룡령 정상까지 약 30킬로미터**
남한에서 네 번째로 높은 산을 길 따라 걸으며 온 산을 만끽할 수 있다. 명개리부터 시작되는 오르막을 올라가다 보면 어느새 주위의 산들과 어깨를 나란히 하고 걷게 된다.

③ **셋째 날 : 구룡령 정상에서 미천 계곡, 서림을 거쳐 논화까지 약 30킬로미터**
전날 올라온 만큼 내려가는 길. 내려다보는 경치가 일품이다. 내리막이 끝나면 바로 아름다운 계곡이 시작되고 정다운 시골 풍경이 펼쳐진다.

평창군 주천에서 판운, 평창, 대화를 거쳐 이목정까지 약 50킬로미터
구불구불 산길과 아름다운 평창강을 끼고 도는, 참으로 사랑스러운 길이다. 이틀 정도 산과 강이 어우러진 한 폭의 동양화를 보고 걸을 수 있다. 우리나라를 왜 금수강산이라고 일컫는지 알게 해 주는 길이다.

고성군 간성에서 마차진을 거쳐 통일 전망대까지 약 22킬로미터
바닷바람을 맡으며 걷는다. 이따금씩 해변에서 쉬어 가는 재미도 있다. 휴전선을 향해 가고 있어서인가? 뭔가 장엄한 기분이 드는 길이다.

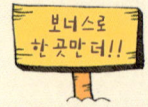

이번 국토 종단 코스에는 끼어 있지 않지만 도보 여행 하면 빼놓을 수 없는 곳을 소개한다. 평창군 하진부에서 국도 405번을 따라 나전을 거쳐 정선까지 혹은 아우라지까지 가는 약 40킬로미터 길이다. 느긋한 1박 2일 코스로 적극 추천하는 기가 막힌 곳.
오대천, 조양강을 낀 구불구불 계곡과 산을 보며 걷는다. '포근한' 강원도의 진면목을 맛볼 수 있는 길이다. 온갖 새소리와 들꽃, 나무 향기에 하루가 언제, 어떻게 가는 줄도, 몸이 피곤한 줄도 모른다.

잘 걷는 법

본문에서 여러 번 말한 대로 도보 여행에서 잘 걷는다는 것은 빨리 걷는 게 아니라 자신의 속도를 찾아 즐겁게 걷는 것이다. 그러기 위해 꼭 알아 두어야 할 사항은 다음과 같다.

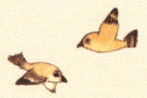

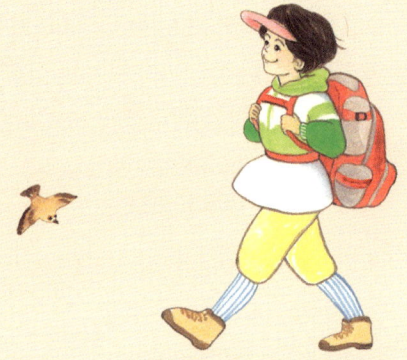

나만의 속도로 걷기

■ 걷기 전이나 휴식을 취하고 난 후에는 단 5분간만이라도 스트레칭을 하여 근육과 관절을 풀어 주어야 한다. 근육이나 관절은 따뜻해진 후에 탄력이 생기고 유연해진다. 스트레칭을 통해 무리한 운동으로 인대가 늘어나는 것 같은 부상을 예방할 수 있다.

■ 아침에 일어나기 전에 이불 안에서 팔과 다리를 최대한 쭉 펴면서 힘껏 기지개를 켠다. 그리고 특별히 당기는 근육 부위를 중심으로 스트레칭을 한다.

■ 누워서 두 손을 잡고 한쪽 다리씩 안고 있기, 앉아서 양손으로 무릎을 껴안으면서 상체도 같이 굽히기, 일어서서 무릎을 굽히지 않고 허리를 될 수 있는 대로 깊숙이 굽히기, 일어서서 한쪽 다리를 의자나 창틀에 대고 힘껏 펴기, 똑바로 서서 발 앞꿈치로 서 있기 등 평소에 하던 대로, 또 그날 그날 하고 싶은 대로 하면 된다.

■ 걷기 좋은 자세란 몸통을 바로 세우고, 어깨와 엉덩이가 일직선이 되도록 하고, 머리는 똑바로 세우며, 턱은 목 쪽으로 약간 끌어당긴 상태로 걷는 것이다. 그렇다고 군인처럼 뻣뻣하게 걸으라는 얘기가 아니라 힘을 빼고 자연스럽게 하라는 말이다. 고개를 숙이거나 어깨를 움츠리고 걸으면 얼마 가지 못해서 목과 어깨가 아파 올 것이다.

■ 리듬에 맞추어 경쾌하게 걷는다. 터벅터벅 혹은 뒤꿈치를 질질 끌면서 걷게 되면 무릎과 등에 무리가 온다. 무릎을 편 채 발 뒤꿈치부터 딛고 나서 발바닥 전체를 땅에 디디는 것이 좋은 자세라고 한다. 나는 팔을 마음껏 휘두르고 걷기만 해도 저절로 경쾌해진다.

■ 보폭은 평소에 하던 대로, 무릎은 많이 굽히지 않으며, 발을 옮길 때는 가급적 일직선이 되도록 한다. 흔히 말하는 11자 걸음이다. 보폭을 크게 하면 빨리 걸을 수 있다고 생각하는데 그것이 자기에게 맞지 않으면 엉덩이를 불균형하게 만들고 무릎에도 무리를 준다. 그러니 자기 걸음 속도와 보폭으로 걷는 것이 얼마나 중요한 일인가.

■ 걷기 시작한 후 처음 20~30분은 평소보다 약간 속도를 줄여서 느긋하게 걸으면서 배낭이 균형 있게 잘 싸여졌는지, 뭔가 딸각거리지는 않는지, 신발 끈은 적당히 매어졌는지 등을 확인하는 시간을 갖는다.

■ 도보 여행 중 얼마 만에 한 번씩 쉬어야 좋은가는 순전히 걷는 사람의 보폭과 속도, 그리고 주변 경치나 그날의 날씨에 따라 다르다. 1시간에 10분도 좋고, 2시간에 20분도 좋다. 나는 경치가 좋을 때는 30분에 한 번씩도 쉬고, 궂은 날은 5시간 내내 한 번도 쉬지 않고 걷기도 한다. 나는 걷다가 휴식을 취할 때면 신발은 물론 양말까지 다 벗고 발을 최대한 편안하게 해 준다. 다리를 배낭에 올려놓아 아래로 몰린 피를 분산시켜 주는 것도 잊지 말자.

■ 국토 종단 중 산을 넘어야 할 때가 있다. 산을 올라갈 때는 신발 끈을 조금 느슨하게, 내려올 때는 꼭 매고 내려온다. 특히 내려올 때 신발에 발끝이 닿게 되면 물집이 생기고 아픔을 느끼게 되므로 양말은 푹신하게 신발은 넉넉하게 신어 주어야 한다.

■ **도보 여행에서 꼭 지켜야 하는 두 가지 규칙**

첫째, 반드시 차가 오고 있는 쪽으로 걷는다. 이렇게 해야만 앞에서 오는 차를 금세 알아차릴 수 있고, 만약의 사고에 대비할 수 있다. 다시 한 번 강조하지만 차 진행 방향을 따라 걷는 것은 대단히 위험한 일이다.

둘째, 해가 지고 나면 걷지 않는 것을 철칙으로 한다. 여름에 한여름의 땡볕을 피하느라 부득이하게 걸어야 할 경우에는 밤에도 잘 보이는 흰색 등의 옷을 입어야 하며 흰 깃발을 달아(없을 경우에는 흰 내복이나 보자기로 만든다.) 운전자에게 앞에 사람이 걷고 있다는 것을 알려야 한다. 시중에서 구할 수 있는 야광 조끼나 응원용 야광봉도 유용하다. 참고로 도보 여행 중 사고는 저녁 어스름에 가장 많이 난다고 한다. 각별히 주의하세요!

다리에 쌓인 피로 풀기

■ 뭉친 근육은 한시바삐 풀어 주는 것이 좋다. 하루의 일과가 끝나는 대로 눈에 띄는 목욕탕이나 숙소의 욕조에 뜨거운 물을 받아 몸을 담그는 등 바로바로 피로를 푸는 것이 상책이다.

■ 만약 욕조가 딸린 숙소나 사우나에 갈 수 없다면 간단히 족욕을 하는 것도 좋다. 족욕 시간은 대개 10~20분 정도면 적당하지만 사람에 따라 다를 수 있다. 보통 온몸이 따뜻해지고 겨드랑이나 이마에 촉촉한 정도로 땀이 배거나 허리 언저리가 따뜻하다고 느낄 때까지가 가장 적당하다. 소금이나 겨잣가루를 넣으면 더 좋다. 발의 부기를 없애고 피로 회복을 도와 하루의 마감으로 그만이다. 군대에서는 신발창에 생 솔잎을 깐다고 한다.

■ 목욕이나 족욕 후 벽에 종아리를 올리고 있거나 병으로 종아리를 마사지해 주는 것도 큰 도움이 된다.

■ 가끔씩 무릎이 아플 때도 있다. 나는 저녁에 뜨거운 물수건을 만들어 무릎 마사지를

하고 근육 로션을 듬뿍 바른 뒤 압박 붕대로 감는다. 제법 효과가 있다. 물론 밤새도록 압박 붕대를 감아 놓으면 혈액 순환이 제대로 되지 않아 발이 붓게 된다. 국토 종단 후반부에는 무릎에 충격을 덜 주기 위해 운동 선수용 인대 보호대를 했다.

■ **물집 예방** : 도보 여행 중에 신발이나 양말이 발에 익숙지 않다든지 갑자기 무리한 행군을 했을 때 발에 물집이 생기는 것은 피할 수 없다. 우선은 예방이 최선이다. 걷기 직전 발 사이사이와 뒤꿈치에 세숫비누를 갈아 넣어 두면 마찰을 피하게 해 물집이 생기는 것도 막고 지독한 발 냄새까지 방지할 수 있어 일석이조다. 내가 긴 산행을 할 때 자주 이용하는 방법이다. 여름에는 면양말을 신기 전에 베이비파우더를 듬뿍 발라 주고, 겨울에 걷게 되면 양말에 마른 고추를 넣어 둔다. 피가 잘 통해서 발가락이 시리지 않고 따뜻해져서 좋다.

■ **물집 관리** : 일단 물집이 생겼다면 따는 것이 상책이다. 바늘에다 실을 꿰어 물집을 통과시켜서는 실을 그대로 둔 채 끝을 자르고 내버려 두면 실을 타고 물이 흘러나와 아침이면 말끔해진다. 이외에도 저녁에 자기 전에 발 로션을 발라 손으로 꼼꼼히 마사지해 준 다음, 브러시로 발을 두드려 주는 것도 좋은 발 마사지법이다. 걷는 사람에게는 발이 제2의 심장이라는 것을 늘 명심하길!

■ **쥐가 났을 때** : 쥐는 평소에 잘 걷지 않는 사람이 한꺼번에 많이 걸으면 근육이 갑자기 수축해 단단해지면서 나타나는 현상이다. 발바닥이나 종아리에 많이 나는데, 쥐가 나면 우선 쥐가 난 부위를 더운 물에 담그는 것이 제일 좋다. 그럴 수 없는 경우에는 쥐가 난 부분이 아니라 그 윗부분을 부드럽게 마사지하여 혈액 순환을 돕는다.

도보 여행 중의 잘 먹는 법

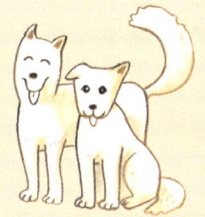

며칠씩 계속 걷는 데는 대단한 열량이 소모된다. 예를 들어 체중이 60킬로그램인 성인 남자에게 하루에 필요한 에너지가 2,500칼로리인데, 중노동을 할 때는 약 3,000~3,500칼로리, 일정한 속도로 걸을 때는 4,000칼로리 이상이 필요하다고 한다. 하루에 이만큼의 열량을 공급하는 것은 쉽지 않은 일이다. 그래서 나는 여행 내내(특히 초기에) 하루 종일 배가 고팠다.

■ 영양학 교과서에서 말하는, 걷는 사람을 위한 바람직한 영양소 비율은 탄수화물 50~60%, 지방 20~30%, 단백질 10~20%이다. 따라서 탄수화물 중심으로 식사를 하되 기력을 돋을 수 있는 고단백 음식을 섭취하고 가능한 한 규칙적인 시간에 식사하는 것이 중요하다. 오랫동안 끓인 탕이나 푹 삶은 찜보다는 짧은 시간 센 불에 요리한 고기를 먹는 것이 좋다고 한다. 도보 여행 중 종합 영양제도 함께 복용해 부족한 영양소를 채워 주는 것이 좋다.

■ 나는 우선 밥을 평소보다 1.5배로 많이 먹고, 평소에는 즐기지 않는 고기를 3일에 한 번 정도는 먹었다.(죽을 뻔했다!) 고기 외에도 고단백 섭취를 위해 아침에 우유와 떠먹는 요구르트를 마셨고, 걸으면서는 두유를 물 대신 마시기도 했다. 또 간간이 추어탕 등 '보양 강장식'도 눈에 띄는 대로 틈틈이 먹었다.

■ 충분한 비타민 C 섭취도 중요하다고 들어서 저녁 식사 후에는 과일을 꼭 먹으려고 노

력했고, 그것만 가지고는 부족할 것 같아서 비타민 C의 보고라는 감잎차를 하루 두 잔 정도 마셨다. 약국에서 파는 빨아 먹는 비타민 C 정도 주머니에 넣고 다니면서 심심할 때마다 먹었다.

■ 물은 약간 과하다 싶을 정도로 마셨다. 전문가들은 목이 마르기 전에 물을 미리미리 마셔 두라고 권한다. 나도 하루에 2~2.5리터 정도는 마신 것 같다.

■ 그러나 물을 많이 마시다 보면, 특히 여름철에는 평소보다 땀을 더 많이 흘리므로 '저나트륨혈증'이 나타날 수 있다. 나트륨은 체내 수분량을 일정하게 유지하는 역할을 하는데, 물을 지나치게 섭취하거나 땀을 많이 흘리면 혈액 중 나트륨이 부족하게 되어 집중력이 떨어진다든지 쥐가 나든지 근육 무력증이 생긴다. 이를 방지하기 위해서는 음식을 평소보다 짜게 먹거나, 소금을 한 움큼 입에 넣고 물을 마신 다음 녹여서 삼키면 된다.

■ 비상식량으로 나는 땅콩이나 육포, 건포도, 사탕, 곡물 비스킷, 초콜릿, 양갱 등을 늘 조끼 주머니에 넣고 다녔다. 그러나 과자나 간식, 청량음료 등은 오히려 입맛을 떨어뜨릴 뿐더러 소화 기능을 저하시켜 복통이나 설사를 일으킬 수도 있으므로 가급적 먹지 말라고 한다.(그런데 혼자 걸으면서 어떻게 군것질을 안 할 수 있단 말인가!)

■ 하루의 열량이나 영양소 비율을 엄격하게 따지지 않고, 여행하는 지방의 독특한 먹을거리를 맛보는 것도 여행의 즐거움이 아닐까?